HEIKO WOLZ

BOUNTY HUNTER

Der erste Auftrag

EDEL
KIDS BOOKS

Für Joscha.

Endlich Action,
auch wenn du jetzt schon zu alt dafür bist.

Kopfgeldjäger machen gesuchte Personen ausfindig und übergeben sie gegen eine Belohnung den Behörden. Die offizielle Bezeichnung für Kopfgeldjäger lautet Fugitive Recovery Agents. Umgangssprachlich nennt man sie auch Bounty Hunters.

KAPITEL 1

Dienstag, 06. April, 16:43 Uhr, Pazifische Sommerzeit

Mit einem dumpfen *Bopp!* schlugen die Geschosse auf der anderen Seite der Ziegelsteinmauer ein. Grayson Parker duckte sich tiefer.

Bloß nicht den Kopf heben, sonst war's das!

Rechts von ihm hockte Isaac. Grays Freund hielt den Lauf seiner Waffe auf den mit Mauerbrocken übersäten Boden gerichtet. Schweißbäche liefen über sein Gesicht wie Rinnsale auf ausgetrockneter Erde.

Der Dauerbeschuss hörte auf. Der Kerl, der sich als einer der letzten beiden Gegner in dem Wohnwagen verschanzt hatte, glaubte wohl, dass er Gray und Isaac erwischt hatte. Jetzt konnte er seine Aufmerksamkeit ganz auf Ben und Réka richten.

Wo steckten die zwei überhaupt?

Tja, Gray würde es kaum herausfinden, wenn er weiter nur Däumchen drehte.

Der 15-Jährige rollte sich herum. Seine schwere Schutzmontur behinderte ihn dabei, aber schließlich kniete er auf einem Bein und stellte das andere auf.

Langsam schob er sich nach oben. Die Mauer, hinter der er und Isaac vor zwei Minuten in Deckung gegangen waren, war nur ein kleiner Teil eines halb zerfallenen Gebäudes. Irgendwas Industrielles. Eine alte Fabrik. Gray konnte nicht erkennen, was darin hergestellt oder repariert worden war. Er erhaschte nur einen Blick durch ein zum Teil aufgezogenes Rolltor in eine Halle mit Stahlträgern. Von einer Art Kran baumelte eine dicke Kette mit einem riesigen Haken. Auf dem Boden verstreut lagen ein paar Metallteile, die alles und nichts darstellen konnten. Motorblöcke? Gussformen für Werkzeuge? Ansonsten war die Halle leer, soweit Gray sie einsehen konnte. Die Party fand hier draußen statt. Mehrere rostige und mit Graffiti besprühte Überseecontainer verteilten sich chaotisch auf dem Gelände.

Und dann war da noch der Wohnwagen. Ein weißer Riese mit einer notdürftig hergerichteten Veranda aus Holzpaletten, über die sich eine zerfetzte Markise spannte. Er stand ein ganzes Stück von Grays und Isaacs Standort entfernt, dazwischen nur freies Gelände, das keinerlei Schutz bot.

Aus einem der zerbrochenen Plastikfenster lugte ein schwarzer Lauf. Und zielte in Grays Richtung.

Mist!

Ein Trommelfeuer ging auf die Mauer nieder. Gray duckte sich und warf einen Blick auf seine Armbanduhr. 16:43 Uhr. Wann sah dieser Vollidiot endlich ein, dass sie so nicht weiterkamen? Solange sie hier saßen, würde er sie nicht treffen. Umgekehrt hatten aber auch sie keine Chance, *ihn* zu erwischen, wenn sie sich nicht bewegten.

Gray rief sich den Plan des Areals ins Gedächtnis. Ihr Gegner würde nach links laufen, sobald er den Trailer verließ. Dort boten ihm mehrere übereinandergestapelte Metallfässer Schutz. Es sei denn, Gray und Isaac waren vor ihm …

»Los, los, los!«, ertönte eine Stimme aus der Halle mit dem Kran.

Gray presste die Lippen zusammen. Warum brüllte Big Ben nicht gleich *Ich, ich, ich?* Wenigstens lenkte er mit seinem Geschrei den Schützen ab. Gray und Isaac verständigten sich mit einem Nicken und erhoben sich.

Ben walzte derweil hinter dem Rolltor hervor. Mit seinen achtzig Kilogramm reiner Muskelmasse hätte er auch direkt *durch* das Blech brechen können. Das hätte ihm zwar nichts gebracht, aber deutlich spektakulärer ausgesehen. Allerdings waren seine Bewegungen für jemanden, der gerade 16 geworden war, auch so schon beeindruckend. Er rückte in gerader Linie auf den Wohnwagen vor. Dabei drehte er den Oberkörper zur Seite, um die Angriffsfläche zu verringern. Die Beine streckte er nie ganz durch. So war ihm jederzeit ein fester Stand oder ein schneller Ausweichschritt möglich.

Réka folgte ihm dicht auf den Fersen. Der lange, geflochtene Zopf, ohne den Gray sie noch nie gesehen hatte, schaute unter ihrem Helm hervor. Sie schwenkte nach rechts, damit der Schütze sich zwischen ihr und Ben entscheiden musste. Während Bens Schüsse auf die Verkleidung des Trailers prasselten, zielte Réka auf die Fenster. Der Kerl im Inneren hatte gar keine Chance, sie oder Ben ins Visier zu nehmen! Wieder bauschte sich der Vorhang in der Öffnung neben der Tür, als eins ihrer Geschosse hindurchjagte.

Und nun? Gray und Isaac konnten die beiden einfach machen lassen. Aber was, wenn Ben oder Réka später fragten, wo sie die ganze Zeit gesteckt hatten? *Ihr habt euch wie zwei Hosenschisser verkrochen und nur zugeschaut?* Nicht gerade das, was Isaac brauchte.

»Los geht's! Beeilung!«, erteilte Gray das Kommando.

Réka hatte bereits die Hälfte der Strecke zum Wohnwagen überwunden. Wenn sie vor ihr dort sein wollten, mussten sie einen Zahn zulegen. Dann konnte Isaac beweisen, dass er doch was draufhatte.

Gray riss die zur Faust geballte Hand nach oben. *Stopp!*

Da war eine Bewegung an der Rückseite des Wohnwagens. Es machte wohl Eindruck, wenn ein Zwei-Meter-Hüne und seine nicht weniger entschlossene Partnerin auf einen zurasten. Die Bohnenstange wollte abhauen! In gebückter Haltung lief der schmächtige Kerl auf die Fässer zu.

Gray unterdrückte ein Grinsen. Na also, es ging doch!

Er winkte Isaac nach vorn. Wenn alles glattlief, würde sich der tolle Ben Kramer in ein paar Sekunden ausgerechnet bei dem Typen bedanken müssen, den er nur aus der Not heraus mitgenommen hatte.

Der Schmächtige schnallte immer noch nicht, was abging. Er schaute stur auf etwas hinter den löchrigen Fässern, seine Lippen bewegten sich.

Moment, mit wem quatschte der da?

Ein bunt gesprenkelter Helm schob sich über den Rand einer Tonne. Der zweite Gegner! Der Lauf der Waffe richtete sich auf Isaac. Gray riss seine eigene herum, aber es war zu spät. Zwei Schüsse trafen seinen Freund mitten in der Bewegung, nur einen Sekundenbruchteil später folgten zwei weitere für Gray.

Er spürte nicht einmal, wie die Kugeln einschlugen.

Er ließ die Waffe sinken und fuhr sich mit der Hand über die Brust. An seinen Fingerspitzen blieb etwas Rotes kleben.

Wie in Zeitlupe beobachtete er, dass der Typ auf Réka anlegte.

Eine Sirene schallte über das Gelände.

16:45 Uhr.

Der Schütze hinter den Fässern warf seinem Partner einen fragenden Blick zu. Die Bohnenstange zuckte die Achseln, und der andere schwenkte herum und drückte eiskalt ab. Auf Rékas Helm leuchtete eine rote Blume auf.

Die Sirene verklang.

»Tot!«, lachte der Schlaksige aus dem Wohnwagen und gab selbst ein paar Schüsse auf Réka ab. Weitere Farbexplosionen erschienen auf der Schutzmontur, die ihr ein Mitarbeiter des *Seattle Paintball Parks* vor einer guten Dreiviertelstunde überreicht hatte.

»Hör auf, du Trottel«, blaffte Réka. Trotz der klobigen Protektoren sah man, wie gut sie in Form war. Nicht überraschend für die amerikanische Olympiahoffnung im Modernen Fünfkampf. Schwimmen, Degenfechten, Radfahren und Combined, also ein Querfeldeinlauf mit Pistolenschießen kurz nach dem Start, nach 800 Metern und dann wieder nach 1.600 und 2.400. Réka *musste* fit sein. Wie alle Schülerinnen und Schüler der Seaside High School.

»Die Zeit war um«, stellte sie trocken fest und fixierte die Gegner der West High, mit denen sie sich heute getroffen hatten.

»War sie nicht. Und überhaupt: Halt die Klappe, du bist tot.« Der Schütze schwenkte mit dem Lauf seiner

Waffe zu Isaac und Gray. »Und du bist tot, und du auch. Macht zwei Überlebende für uns und einen für euch Loser von der Seaside High. Wir haben gewonnen.«

Wie hatte der Kerl sich vorhin vorgestellt? Phil? Egal.

»Ich dachte, das Spiel ist vorbei, wenn die Sirene heult?«, fragte Gray.

Wahrscheinlich-Phil nickte. »Hat aber keiner gesagt, dass wir aufhören, *sobald* sie losgeht. Sie hat noch geheult, also gilt der Abschuss.«

»Komm schon, das ist doch ...«, setzte Gray an, aber die Bohnenstange mischte sich mit einem meckernden Lachen ein: »Alter, du bist voll in die Falle gelaufen und hast deinem Kumpel sogar noch den Vortritt gelassen!«

Gray warf Isaac einen Blick zu, aber der winkte nur locker ab. Es war schließlich nicht wirklich um Leben und Tod gegangen. Oder?

Isaac hatte im letzten Spiel des Fußballteams der Seaside gegen die Auswahl der Cleveland einige schlechte Entscheidungen getroffen. Okay, er hatte es gewaltig verkackt. Das musste sogar Gray zugeben. Es war schon richtig, dass eine Mannschaft nur zusammen gewann oder verlor, aber nicht unbedingt das, was man direkt nach dem Match ausgerechnet von demjenigen hören wollte, der für die Klatsche verantwortlich war. Mit seinem aufmunternden Grinsen und dem gut gemeinten Schulterklopfen hatte Isaac sich bei der Mannschaft komplett ins Abseits geschossen.

Also ja, doch, es ging für ihn um Leben und Tod. Wenn auch nur im übertragenen Sinn.

»Einigen wir uns auf ein Unentschieden«, schlug Gray vor. Dabei hörte er die Stimme seines Dads in seinem Hinterkopf: *In verfahrenen Situationen sucht man den Kompromiss.* Damit wäre Isaacs Ruf zwar nicht ganz wiederhergestellt, aber es war ein Schritt in die richtige Richtung.

»Träum weiter!«, sagte die Bohnenstange. »West High drei Siege, Seaside einer.« Er nickte Réka zu. »Wir sehen uns nach den Ferien. Ich drück euch die Daumen, dass Kevin und James bis dahin wieder fit sind.«

Kevin und James. Die beiden, für die Gray und Isaac kurzfristig eingesprungen waren.

Réka riss sich den Helm und die Schutzbrille vom Kopf. Dass es in ihr brodelte, war nicht zu übersehen. Die Härchen, die sich aus ihrem Zopf gelöst hatten, klebten ihr auf der Stirn. Darunter blitzte ein Paar blauer Augen auf. Als hätte man einen Gletscher in zwei Murmeln gepresst. Die Farbe hatte Gray schon immer fasziniert. Aber er sah noch etwas, das ihm bisher entgangen war. Einen kleinen Fleck auf der linken Iris in einem tieferen Blau. Als hätte man ein Stück vom Pazifik …

»Ich habe ja gesagt, dass die beiden nichts taugen.« Big Ben stampfte von der Seite heran und feuerte aus der Hüfte heraus einen einzelnen Schuss auf Isaacs Handgelenk ab.

»Autsch, verdammt! Das tut weh!« Isaac umklammerte seine Waffe fester.

Gray ging dazwischen. »Fürs erste Mal haben wir uns nicht schlecht geschlagen, Ben. Und hättest du uns vorher in deine Rambo-Taktik eingeweiht, hätten wir uns darauf eingestellt.«

»Sagt der, der den zweiten Gegner aus den Augen verloren hat.« Ben wandte sich ab. »Antal, wir gehen.«

Gray sah ihm nach. Und Réka.

Warum fiel ihm nie etwas ein, womit er sie ansprechen konnte? Am besten was Witziges. Wenn er sie zum Lachen brachte, würde sie vielleicht …

»Das war ja echt für die Tonne«, holte Isaac ihn in die Realität zurück und steuerte das Tor an. Gray schloss zu ihm auf. Sie passierten die immer noch jubelnden Schüler der West High und traten auf den geschotterten Weg, der vom Spielfeldrand zum Ausgang führte.

»Sorry«, seufzte Isaac, während er sich die Protektoren auszog und zu dem Tresen hinüberlief, an dem sie die Ausrüstung zurückgeben mussten. »Du wolltest nur helfen. Und ich bin dir echt dankbar, dass du Ärger mit deinem Alten riskierst. Ich kapier zwar nicht, was er gegen Paintball hat, aber wenn er besser nichts davon weiß, erzählst du ihm eben, dass wir joggen waren. Vorbereitung auf den nächsten Geländelauf.« Er deutete auf Grays Hand. »Und immer schön die Pfoten waschen, bevor du nach Hause kommst.«

Gray betrachtete seine roten Fingerspitzen und wich so einer Antwort aus. Die Sache mit seinem Dad war kompliziert. Außerdem gingen ihm Rékas Gletscheraugen nicht aus dem Kopf. Und das Stück vom Pazifik, das darin schwamm. Er reckte den Hals. Nein, keine Chance, zu ihr aufzuschließen. Ben bahnte sich einen Weg durch die Leute, Réka hing an ihm dran. Die Menge schloss sich hinter ihr. Während Gray mit Isaac darauf wartete, dass der Typ vor ihnen seine Sachen abgab, ließ er den Blick über das Gelände schweifen.

Der Angestellte, der sie eingewiesen hatte, unterhielt sich gerade mit einem jungen Mann, der zu Gray und Isaac herüberschielte. Mitte zwanzig, Jeans, schwarzrotes Karohemd, schulterlange zottelige Haare. Noch einer, der auf Kurt Cobain machte, den verstorbenen Sänger von Nirvana. Keine Seltenheit in der Geburtsstadt des Musikstils, den die Band mitgeprägt hatte.

Der Kerl schüttelte dem Angestellten die Hand und lief dann zum Ausgang. Er sah über die Schulter zurück, bemerkte Grays Blick und reckte grinsend den Daumen. Dann war er weg.

Isaac hatte die Szene mitbekommen. »Kanntest du den?«

»Nicht dass ich wüsste.« Der Typ war ein komischer Kauz gewesen, mehr nicht. Davon gab es genug in Seattle. Gray strich ihn schon aus seinem Gedächtnis. Dafür klopfte sein Herz schneller, als er sich noch einmal zum Spielfeld umblickte. Fast glaubte er, wieder das Knirschen unter seinen Schuhen zu spüren, als er sich den Fässern genähert hatte, das Adrenalin, das durch seinen Körper gejagt war. Er hätte nur einen winzigen Moment schneller reagieren müssen, dann hätten *sie* gewonnen.

KAPITEL 2

Mittwoch, 07. April, 08:03 Uhr, Seaside High School, Painmore, Staat Washington, USA

Die Seaside High lag auf einer Landspitze, die östlich von Seattle in den Lake Washington ragte. Die Schule fügte sich so unauffällig wie möglich in die vornehme Wohngegend der Stadt Painmore ein, was ihr mit ihren drei Stockwerken und den weitläufigen Sportplätzen ringsherum aber nicht ganz gelang.

Gray und Isaac betraten das Gebäude durch den Haupteingang. Gray wandte sich nach links und verpasste dem Maskottchen der Schule einen Tritt. Das war Tradition vor einem Heimspiel eines Teams der Seaside. Fußball, Baseball und Leichtathletik im Frühling, Football und Schwimmen im Herbst, bis im Winter die Basketball-Saison startete. Die mannshohe Plastikfigur musste ständig einstecken. Auch Isaac holte aus – und wurde von einem älteren Schüler aufgehalten.

»Du nicht, Whitman. Du bringst Unglück.« Der Kerl wartete nicht einmal, ob seine Ansage ankam. Er lief mit seinen dämlich lachenden Anhängern einfach weiter.

»Weißt du, warum man Trouty Troutman wirklich tritt?«, rief Isaac ihm nach. Seine Stimme klang trotzig, aber Gray kannte ihn lange genug, um zu hören, dass er in Wahrheit gekränkt war. »Weil es eigentlich alle total beknackt finden, dass er eine sprechende Forelle ist! Andere haben Seeadler oder Bären. Berglöwen! Aber wir sind Forellen. Ich bin eine Forelle, du bist eine Forelle. Bescheuerte Fo-ho-rellen!«

Gray konnte nicht anders. Er lachte laut los. Okay, es war unfair, sich über Isaac lustig zu machen. Immerhin war *er* derzeit bei allen unten durch, nicht Gray. Aber sein Kumpel führte sich auf wie Rumpelstilzchen.

Manche Dinge änderten sich nie. Zum Glück.

Gray und Isaac, das Dreamteam. Isaac als blonder Brillenträger mit einem Hang zur Dramatik, Gray nicht nur äußerlich das komplette Gegenteil. Sein dichtes schwarzes Haar ließ er seit Monaten wachsen, seine Haut war braun, als verbrächte er jede freie Minute an der frischen Luft. Sportlich waren sie beide, aber da bildeten sie keine Ausnahme an der Seaside.

Ungewöhnlich war Isaacs Ausbruch dennoch. Er riss zwar gern seine Sprüche, hatte aber noch nie wirklich einen Streit provoziert. Für ihn stand der Zusammenhalt innerhalb der Schule oder einer Mannschaft über allem. Genau das hatte ihm die Suppe ja eingebrockt. Und genau deshalb war Grays Arm gestern sofort in die Höhe geschossen, als Big Ben nach zwei Freiwilligen für ein inoffizielles Paintball-Match fragte. Dass es am Nachmittag dann nicht ganz so gelaufen war wie gedacht, war Pech. Irgendwann würde ein anderer Spieler eines der anderen Teams Mist bauen, und Isaacs Patzer geriet in Vergessenheit. Bis dahin musste Gray seinen Freund nur vor weiterem Ärger bewahren. Und das hieß jetzt, ihn sicher zu den Spinden zu geleiten, bevor er sich doch noch mit jemandem anlegte.

»Lass die Pfeifen«, sagte er und zog Isaac mit sich.

»Grayson Parker bitte in das Büro der Rektorin«, schallte Ms Robinsons Stimme aus den Lautsprechern. Wie immer klang sie leicht panisch. Als hinge ihr Job davon ab, dass der ausgerufene Schüler die Beine in die Hand nahm und sich sputete. Für die meisten Anlass genug, sich besonders langsam auf den Weg zu begeben.

Isaac runzelte die Stirn. »Hast du Ms Dutton die Donuts geklaut?«

Gray zuckte die Achseln und verstaute seine Schul- und die Sporttasche in seinem Spind.

Isaac nahm sich die Bücher für seine ersten Stunden aus dem daneben. »Wir sehen uns«, sagte er und machte sich auf den Weg zum Unterricht.

»Grayson Parker! Bitte in das Büro der Rektorin!«

Gray schloss den Spind und bog mit seinen Sachen in den Gang zur Verwaltung ab. Dort klopfte er an Ms Robinsons Tür. Die Sekretärin bat ihn sofort herein und winkte ihn erleichtert weiter. Ms Duttons Büro stand offen.

»Nimm Platz, Grayson.«

Ms Dutton blieb sitzen. Kein Wunder. Wahrscheinlich war sie mit ihrem Stuhl verwachsen. Oder sie hatte sich an ihrem ersten Tag zwischen den Lehnen verkeilt und harrte seitdem dort aus. Wahrscheinlich wartete sie darauf, dass endlich jemand die Feuerwehr rief. Sie faltete die fleischigen Hände und lehnte sich mit den Unterarmen auf den Schreibtisch, der tatsächlich ein Quietschen von sich gab.

Mit ihrem maßgeschneiderten Hosenanzug wäre die Rektorin auch als Rechtsanwältin durchgegangen. Oder als Staatsanwältin. Dummerweise wusste man bei ihr nie, ob sie einen verteidigen oder anklagen wollte.

»Ich komme gleich zur Sache«, sagte sie in einem Tonfall, der ganz klar nach Anklage klang. Gray versteifte sich. »Trotz wiederholter Aufforderung ist dein Vater mit der Zahlung des Schulgelds weiterhin im Rückstand. Das schmerzt mich. Du bist ein guter Schüler, Grayson. Ein hervorragender sogar.«

Gray rutschte nach vorn und legte seine Bücher auf

den Tisch. »Ich dachte, das wäre erledigt. Mein Dad muss es vergessen haben. Er hat gerade viel um die Ohren.« Allerdings nicht so viel, dass er nicht eine verdammte Online-Überweisung tätigen konnte!

Ms Dutton nickte, aber das Mitleid in ihren Augen war nicht zu übersehen. Sie lehnte sich schwerfällig zurück, und ihr Stuhl gab dem Tisch eine Antwort auf sein Quietschen gerade. »Es tut mir sehr leid, Grayson, aber mir sind die Hände gebunden. Ich setze deinem Vater eine letzte Frist bis zum 23. Verzeichnen wir bis Ende der Woche nach den Frühlingsferien keinen Zahlungseingang, kann ich dir den Besuch der Seaside High nicht weiter gestatten. So schwer mir das fällt. Ich verliere dich nur ungern.«

»Ich… Das… Aber ich…«, stotterte Gray. »Die Ferien dauern doch gerade mal eine Woche! Wie soll… Das ist…«

Ms Dutton kämpfte sich wieder nach vorn. »Noch ist es ja nicht so weit. Aber *wenn*…« Die Art, wie sie es aussprach, zeigte, dass sie eher von *sobald* ausging. »…wenn es so kommt, dann ist es so. Leben heißt Veränderung. Es gibt noch andere ausgezeichnete Schulen in Painmore. Vielleicht nicht gerade mit unserem sportlichen Profil, aber du könntest auch…«

Ihr Mund bewegte sich weiter, aber ihre Worte drangen nicht mehr zu Gray durch. Veränderung. Teil des Lebens. Hatte sie heute Morgen tatsächlich auf ihre

Donuts verzichtet und stattdessen einen Sack Glückskekse gefuttert? Anders konnte sie nicht an den Spruch gelangt sein. Veränderungen waren Mist. Da brauchte sie nur seine Mutter fragen. Am besten von Angesicht zu Angesicht. Dazu musste sie sich aber aus ihrem Stuhl hieven, in ein Flugzeug steigen und knapp fünftausend Kilometer von Seattle nach Boston fliegen.

»... Ms Robinson gern die Adressen geben«, schaffte es Ms Duttons Stimme durch den Nebel, der unbemerkt vom See in ihr Büro gekrochen sein musste. Komischerweise schien er nur um Gray zu wabern. Er blinzelte ihn weg, und erst jetzt fiel ihm auf, dass seine Hände die Armlehnen des Stuhls so fest umklammerten, als wolle er sie ausreißen. Er atmete tief ein.

Box-Breathing. Eine Technik, die der Coach ihm für die stressigen Minuten vor einem Spiel gezeigt hatte: Man stellte sich ein Quadrat vor, holte vier Sekunden lang Luft und fuhr die obere Kante der *Box* nach rechts. Dann hielt man vier Sekunden die Luft an und folgte dabei der Linie nach unten. Man ging nach links, während man vier Sekunden ausatmete. Zum Schluss vervollständigte man das Rechteck, indem man in den vier Sekunden Atempause wieder nach oben stieg. Bei Bedarf wiederholte man das Ganze.

Aber jetzt hätte Gray vor seinem geistigen Auge bis zum Abwinken Rechtecke nachzeichnen können – geholfen hätte es nicht!

»Hast du gehört?«, fragte Ms Dutton. »Ms Robinson gibt dir gern die Adressen der Schulen, die ein Stipendienprogramm für, ähm…«

…finanziell in Schieflage geratene Familien anbieten? Wollte sie das sagen? Ms Robinson konnte ihn mal. Gray griff nach seinen Büchern und stand auf. »Danke, Ms Dutton. Nicht nötig. Ich kümmere mich darum.«

KAPITEL 3

Mittwoch, 07. April, 11:34 Uhr, 559 5th Avenue, King-County-Strafanstalt, Seattle

»Bitte quittieren Sie den Empfang.«

Die junge Frau schob Asher Franklin eine Plastikschale mit seinen Habseligkeiten zu und legte das Formular zur Unterschrift daneben. Das Papier listete auf den Cent genau den Inhalt auf, den seine Brieftasche gehabt hatte, als sie Asher aufgriffen, die Anzahl der Streifen in der zerknautschten Packung Kaugummi aus seiner Hosentasche, das iPhone, seinen Schlüsselbund und weitere Kleinigkeiten.

Die Frau konnte nur unwesentlich älter als Asher mit seinen 21 Jahren sein. Die raspelkurzen Haare ließen sie eher wie ein Mädchen aus einer Gang aussehen als wie eine Beamtin eines staatlichen Gefängnisses. Die Frisur stand ihr. Asher warf einen Blick auf ihr Namensschild.

»Nichts geklaut, Officer Hernandez?«, fragte er und hoffte, dass sie sein Lächeln *schelmisch* fand. *Spitzbübisch*. Zwei tolle Begriffe, die er sich in dem Wörterbuch, das er zurzeit las, dick angestrichen hatte.

Die Beamtin wartete mit unbewegter Miene, bis er abgezeichnet und sich seine Sachen aus der Schale gegriffen hatte.

Dann eben nicht. Es war nicht die erste Abfuhr, die er erhielt. Das Los derer, die über kein markantes Kinn, interessante Grübchen, ausdrucksstarke Wangenknochen oder sonstige besondere Merkmale verfügten. Mittelgroß, normale Nase, allerweltsbraune Haare. Asher war der Typ Mensch, den man sofort wieder vergaß. Das wusste er selbst. Er drehte sich um.

»Beehren Sie uns bald wieder, Mr Franklin.«

Eigentlich genau sein Humor. Aber die blöde Kuh hatte ihre Chance gehabt. Wortlos lief Asher weiter und verließ das Gebäude.

Der hässliche Betonklotz war ein Schock gewesen nach dem Jugendgefängnis. Dort hatte Asher beinahe gern eingesessen, wenn sie ihn geschnappt hatten. Jetzt also sein erstes Vergehen als Erwachsener. Nichts, weswegen er sich Sorgen machen musste. Er hatte schließlich kein Gewaltverbrechen begangen. Er war nur mit einigen Gegenständen aus der *Unterhaltungselektronik* erwischt worden, deren rechtmäßigen Besitz er nicht hatte nachweisen können. Wie auch? Dass es sich um illegale Ware gehandelt hatte, wäre selbst dem dümmsten Cop aufgefallen. Wahrscheinlich sogar Officer »Ich-bin-lustiger-als-du« Hernandez.

Asher schlenderte die paar Straßen zu den Anlegestellen der Fähren am Hafen. Der Blick aufs Wasser half ihm stets, seine Gedanken zu sortieren.

Er suchte sich eine freie Bank und schaltete sein iPhone ein. Eins der wenigen Telefonate, die sie ihm gestattet hatten, hatte seinem Arbeitgeber gegolten. *Landolf's Import.*

Der alte Landolf hatte getobt, als Asher ihn um einige Tage unbezahlten Urlaub gebeten hatte, bis das Gericht die Kaution festlegte. Aber was sollte er machen? Asher war sein bester Mann. Es lag Asher im Blut, die Bedürfnisse der Leute vorauszuahnen und frühzeitig die entsprechende Ware aus dem Ausland zu beschaffen. Sobald die Nachfrage stieg, musste Landolf nur noch verteilen, was dank Asher bereits in seinen Hallen lagerte. Kein Wunder, dass der Alte ihm inzwischen mehr oder weniger freie Hand ließ. Und ihm damit einige schöne »Zusatzgeschäfte« ermöglichte.

Das Telefon meldete etliche verpasste Anrufe. Die meisten Nummern kannte er. Ein Anrufer hatte seine jedoch mehrmals unterdrückt. Asher zählte zehn Versuche, ihn zu erreichen. Da schien aber jemand dringend mit ihm sprechen zu …

Als das Gerät erneut zu summen begann, hätte er es vor Schreck beinahe ins Wasser fallen lassen.

Also gut. Mal sehen, was du willst.

»Woher haben Sie meine Nummer?«

Die meisten Menschen zögerten, wenn Asher sich so meldete. Nicht aber dieser Anrufer: »Ich habe Sie schon länger im Blick, Mr Franklin. Sie haben einige interessante Dinge für ein paar meiner Geschäftspartner organisiert.«

»Zum Beispiel?« Asher war nicht dumm. Er würde von sich aus gar nichts sagen. Gut möglich, dass es eine Falle war. Officer Hernandez hatte er nicht in der Leitung, immerhin handelte es sich um einen Mann. Aber einen ihrer Kollegen vielleicht? Die Art, wie der Anrufer sprach, hatte einen besonderen Rhythmus. Beinahe eine Art Gesang. Sanft und angenehm. *Einnehmend.*

»Ich habe neulich auf einem Stuhl gesessen. Nicht sehr gemütlich, dafür aber exklusiv. Mir wurde berichtet, Sie hätten die Lieferung zur Zufriedenheit aller abgewickelt.«

»Möglich.« Die Stimme spielte auf das Möbelstück aus Elfenbein an, das ein Kontakt in Südafrika Asher vor einigen Monaten angeboten hatte. Das Ding war eher ein Thron als ein Stuhl gewesen. Angeblich hatte er einmal dem Häuptling oder König eines bedeutenden Zulu-Stamms gehört. Es war ein Wagnis gewesen, ihn mit dem Schiff in die Staaten zu schmuggeln. Aber es hatte sich gelohnt. Jetzt diente der Thron einem einflussreichen Drogenboss als Sitzgelegenheit in seinem vornehmen Loft. Asher hätte gern weitere lohnende Geschäfte in diesen Kreisen gemacht.

»Was wollen Sie, Mr…?«

Der Anrufer stieß ein glockenhelles Lachen aus. »Nennen Sie mich, wie Sie wollen. Mir reicht, dass ich *Ihren* Namen kenne, Mr Franklin. Ihre Anschrift. Im Grunde alles über Sie.« Die Stimme wurde zum Zischen einer Schlange. Nicht wirklich, aber die Absicht hinter den Worten war klar.

Asher kroch eine Gänsehaut über den Rücken, die nicht vom leichten Wind kam, der die Wellen in der Bucht kräuselte.

Die Stimme. *The Voice.*

Wie diese Castingshow, in der die Coaches mit den Rücken zu den Sängerinnen und Sängern saßen. Die Frage war, ob Asher sich umdrehen sollte.

»Was wollen Sie?«, wiederholte er.

Diesmal beantwortete ihm The Voice seine Frage.

Je länger Asher zuhörte, desto heftiger schlug sein Herz. Er erwischte sich dabei, wie er sein Knie rieb, als wäre es der Buzzer, den er nur noch drücken musste. Dabei rekrutierte der Anrufer gerade *ihn*, nicht umgekehrt, nicht wahr? Weil der ursprüngliche Mittelsmann Mist gebaut hatte und nicht mehr vertrauenswürdig war.

Asher filterte das nächste drohende Zischen aus dieser nebensächlich eingestreuten Information heraus. Sollte er ablehnen? *Konnte* er das überhaupt noch? Oder hatte er den Auftrag schon in dem Moment angenommen, als er abgehoben hatte?

So oder so, es war ein Geschäft, das ihm etliche Türen öffnen würde. Und es hatte einen Haken.

Der Kautionsagent, der Asher empfohlen worden war, hatte als Sicherheit nicht nur die Papiere seines Wagens verlangt. Asher sollte sich täglich in seinem Büro melden. Und mit *melden* meinte dieser *Bail Bondsman*, dass Asher leibhaftig bei ihm aufzukreuzen hatte. Die geringe Kaution rechtfertigte das nicht, Ashers frühere Besuche im Jugendknast schon. Wenn Asher die Möglichkeit ergreifen wollte, die The Voice ihm bot, musste er sich in den nächsten Tagen aber rarmachen, um in Ruhe alle nötigen Vorbereitungen zu treffen.

»Mr Franklin? Sie werden Unterstützung brauchen. Ich werde Sie zu gegebener Zeit mit meinen Leuten vernetzen. Also, kann ich mich auf Sie verlassen?« The Voice klang wieder sanft. Als wüsste der Anrufer bereits, dass Asher nicht *Nein* sagen würde.

Und das tat er nicht.

KAPITEL 4

Mittwoch, 07. April, 16:37 Uhr, 1030 South 18th Street, Painmore

Der senffarbene Toyota, auf den sie vor einem halben Jahr umgestiegen waren, um überhaupt noch einen fahrbaren Untersatz zu haben, stand noch genauso in der Garage wie am Morgen. Gray hielt die Luft an, um unbeschadet durch die Benzinwolke zu kommen.

Er betrat die Küche. »Dad?«

Keine Antwort. Dafür schien der Fernseher im Wohnzimmer zu laufen. Zwei Leute diskutierten aufgeregt miteinander.

Talkshows am Nachmittag? Ging es mit seinem Dad nun endgültig bergab? Gray sah ihn vor seinem geistigen Auge in schlabberiger Jogginghose und mit fleckigem Unterhemd auf der Couch sitzen, wie Homer Simpson eine Dose Bier auf dem wabbeligen Bauch haltend.

Schwachsinn! So weit würde es nicht kommen. Eine Pechsträhne konnte nicht ewig dauern. Außerdem hatte sein Dad es ein Stück weit selbst in der Hand, sie zu beenden.

Gray schleuderte seinen Rucksack und die Sporttasche vor die Waschmaschine und lief weiter. Mit den Vorbereitungen für das Abendessen hatte sein Dad zumindest begonnen. Die Garnelen und die Streifen Hühnchenbrust, die in einem Sieb in der Spüle auftauten, deuteten auf Jambalaya hin. Eine schöne Abwechslung nach den Fertiggerichten der letzten Zeit. Und mittendrin hatte er den Fernseher eingeschaltet? Hatte Gray etwas verpasst? Einen Terroranschlag? Einen Amoklauf? Das hätte sich doch auch in der Schule herumgesprochen. Das Handyverbot dort nahm niemand ernst. Man hätte also etwas mitbekommen.

»Dad, ist irgendwas …?«, fragte er, blieb aber auf der Schwelle zum Wohnzimmer stehen. Die Stimmen, die er gehört hatte, stammten nicht aus dem TV. Der Kasten in der Ecke lief nicht einmal. Sein Dad hatte Besuch. Es war noch kein Streit, den er mit dem Mann ausfocht, der Gray den Rücken zuwandte. Einen hitzigen Wortwechsel konnte man es aber durchaus nennen.

Immerhin hatte sein Dad normale Jeans und den schwarzen Rollkragenpullover an, den er Sommer wie Winter trug. Nach wie vor ganz der Lehrer, der er an der Middle School gewesen war. Dann hatte die Stadt seinen Vertrag nicht verlängert. Angeblich waren Kürzungen im Etat der Grund gewesen. Aber wenige Tage später hatten sie einen neuen Lehrer eingestellt.

Das braune Haar war modisch kurz geschnitten und nicht strähnig wie in Grays übertriebener Vorstellung von ihm als gelber Comicfigur. An den Schläfen zeigte sich ein erster Anflug von Grau. Lediglich die Socken passten nicht in das gepflegte Äußere. Die linke hatte ein Loch. Es sah aus, als wollte sich der große Zeh in die Freiheit kämpfen.

Der Mann ihm gegenüber schien mitzubekommen, dass hinter ihm etwas vor sich ging. Er drehte sich um und lächelte Gray an. Anfang fünfzig, Anzugträger. Anders als bei Ms Dutton handelte es sich um einen von der Stange, das war mit einem Blick zu erkennen. Die Ärmel waren zu lang und daher doppelt umgeschlagen. Der Mann musste auf die Größe zurückgreifen, weil sein mächtiger Brustkorb alles andere gesprengt hätte. Überhaupt strahlte er trotz der tiefen Furchen in seinem Gesicht eine jugendliche Stärke aus, die fast greifbar war. Die grauen Haare waren kurz geschnitten, die stechend grünen Augen fest auf Gray gerichtet.

»Gray«, unterbrach sein Dad die Musterung und klang angespannt. »Schön, dass du da bist. Du kannst mir gleich erzählen, wie es in der Schule war. Mr Steel wollte gerade gehen.«

Mr *Steel?* Wie Stahl? Ernsthaft?

Der komische Besucher schien es anders zu sehen als Grays Dad. Statt der unmissverständlichen Aufforderung nachzukommen, machte er einen Schritt auf Gray zu und streckte die Hand aus.

»Maxwell Steel«, stellte er sich vor. »Es freut mich, dich kennenzulernen, Grayson.«

Gray starrte die Hand an. Seine Erziehung sagte ihm, dass er sie schütteln sollte. Doch der Blick seines Vaters legte etwas anderes nahe.

»Was ist hier los?« Die Frage war angebracht.

Sie ging an seinen Dad, aber Mr Steel war schneller mit einer Antwort. Oder einer Feststellung: »Das war eine reife Leistung gestern im Paintball Park.«

Gray schluckte. Überraschung war seinem Dad keine anzusehen, Ärger schon. Dieser Steel hatte ihm also alles erzählt, weshalb auch immer.

»Sorry, Dad«, schlug Gray einen entschuldigenden Ton an. »Es hat sich so ergeben. Ein paar Leute haben Mitspieler gebraucht.« Er verzichtete auf die Schilderung der näheren Umstände. Sein Dad würde seinen Einsatz loben, dann aber darauf hinweisen, dass Gray nicht ständig die Kohlen für Isaac aus dem Feuer holen konnte. Sein Freund musste lernen, für sich selbst zu sorgen.

»Benedict Kramer, Réka Antal und Isaac Whitman«, bestätigte Mr Steel wie Grays persönlicher Assistent. »Ihr habt euch gut geschlagen.«

Gray war irritiert. »Wir haben verloren.«

Mr Steel zuckte die Schultern. Die Geste kam so überraschend, dass er Steel trotz der deutlich spürbaren Spannung zwischen ihm und Grays Dad auf Anhieb sympathisch fand. »Darauf kommt es in dieser Phase noch nicht an«, sagte er und wurde ernst. »Du hast die Fässer als Fluchtpunkt für Chris Holland schon im Auge gehabt, bevor Benedict den Angriff gestartet hat, korrekt?«

Chris Holland? Die Bohnenstange. Aber woher wusste Mr Steel so gut über das Match Bescheid? Gray hätte es doch bemerkt, wenn er dort gewesen wäre.

Endlich machte es *klick*. Die Augen, die Nase. Die Ähnlichkeit war verblüffend, wenn man sie erst einmal bemerkt hatte. »Kurt Cobain!«

Mr Steel runzelte fragend die Stirn, dann lachte er auf. Es war ein Dröhnen, das sich direkt aus dem mächtigen Brustkorb zu entladen schien. »Ja, Eric liebt Nirvana. Eigentlich müsste ich das toll finden, immerhin wurde die Band groß, als ich so alt war wie er. Aber für mich hat sich das damals schon angehört, als würde man Katzen quälen.« Er schmunzelte über den eigenen lahmen Witz. Dann ging eine Veränderung mit ihm vonstatten. Gray ertappte sich dabei, wie er selbst den Rücken durchdrückte und die Muskeln anspannte. Die Luft im Wohnzimmer schien sich elektrisch aufzuladen.

»Noch mal von vorn, Grayson. Mein Name ist Maxwell Steel, und ich betreibe das Kautionsbüro *Steel & Partner*. Wir stellen die Kaution für Menschen, denen ein Verbrechen zur Last gelegt wird und die sie sich selbst nicht leisten können. So müssen sie nicht hinter Gittern auf ihre Verhandlung warten, sondern können sich bis dahin frei bewegen.«

»Ich weiß, was ein Kautionsbüro ist. Aber was hat das mit uns zu tun?« Ein schrecklicher Verdacht bahnte sich seinen Weg von Grays Eingeweiden nach oben und schnürte ihm den Hals zu. Mit einem heiseren Krächzen wandte er sich an seinen Vater. »Dad, du hast doch nichts verbrochen?«

Wieder lachte Mr Steel wie ein startendes Flugzeug. »Ich kann dich beruhigen, Grayson. Dein Dad hat sich nicht mit der Staatsgewalt angelegt. Ich bin hier, weil wir anders als übliche Agenturen eigene Bounty Hunters unterhalten und gerade ein neues Team auf die Beine stellen.«

Bounty Hunter. Kopfgeldjäger.

Trotz der letzten Monate hielt Gray viel von seinem Dad. Aber bei der Verfolgung eines Flüchtigen sah er ihn eher weniger. Außerdem war die Sache nicht ganz ungefährlich, oder? Er schüttelte den Kopf. »Dad, du findest bestimmt bald einen neuen Job. Lehrer werden immer gebraucht. Du musst dich in den Vorstellungsgesprächen nur mit deiner Meinung zurückhal…«

»Es geht nicht um deinen Dad«, unterbrach Mr Steel ihn. »*Du* kommst dafür infrage, Grayson.«

Diesmal war es Gray, der laut auflachte. Für einen Augenblick hatte er geglaubt, Mr Steel würde es ernst meinen. »Vielleicht ist es Ihnen nicht aufgefallen. Aber ich bin erst 15.«

Ein amüsiertes Lächeln spielte um Mr Steels Mundwinkel. »Siehst du, genau deshalb wird Team Ghost Erfolg haben. Niemand rechnet mit jugendlichen *Fugitive Recovery Agents*. Sie kommen näher an Flüchtige heran. Bevor die merken, was los ist, schnappen schon die Handschellen zu. Natürlich wird es sich dabei nur um Flüchtige handeln, mit denen die Jugendlichen auch fertigwerden! Leichte Fälle. Du musst gestehen, dass die Idee ...«

»... kompletter Schwachsinn ist!« Grays Dad schob sich zwischen Mr Steel und seinen Sohn. »Ich lasse nicht zu, dass Grayson sein Leben für Geld riskiert!«

»Gute Arbeit muss bezahlt werden«, stellte Mr Steel nüchtern fest. Für ihn schien dieser Punkt damit erledigt zu sein. Er richtete seine Aufmerksamkeit auf Gray und öffnete den Mund, um etwas zu sagen.

Gray hob die Hand. »Was für Geld?«

»Für jeden Flüchtigen, den sie ergreifen, erhalten die Agents eine Prämie. Sie hängt von der Höhe der Kaution ab. Das kann einige Hundert, manchmal aber auch mehrere Tausend Dollar bedeuten.«

»Danke für das Angebot«, meldete Grays Vater sich zu Wort. »Aber mit Geld kann man nicht alles kaufen.«

Grays Herz klopfte so wild wie in den Sekunden, als er sich den Fässern genähert hatte. Bevor er getroffen worden und alles vorbei gewesen war. Wieder hob er die Hand. Sein Dad sah ihn fragend an.

»Mit Geld kann man die Gebühren für die Schule seines Sohns bezahlen.« In Grays Stimme klang das Hämmern seines eigenen Pulses. Er wollte seinen Dad nicht verletzen. Er wollte nicht, dass er dachte, er gäbe ihm die Schuld, aber… Verdammt, hier ging es um ihn, Gray. Durfte er da nicht zumindest über den Vorschlag nachdenken?

»Hör zu«, sagte sein Dad, »es tut mir leid, dass ich noch keine neue Stelle gefunden habe. Aber ich werde mich nicht dafür entschuldigen, dass ich kein Blatt vor den Mund nehme und einige Eltern damit ein Problem hatten. Es ist wichtig, hinter seinen Prinzipien zu stehen, sonst kann man keine verantwortungsvollen Entscheidungen treff…«

»Wichtiger als ich?«, unterbrach Gray ihn hitzig. Er wusste, dass die Frage ungerecht war. Aber he, fragte ihn mal jemand?

Sein Dad betrachtete ihn. Gray konnte nicht sagen, was in ihm vorging. Irgendwann senkte sein Dad den Blick, und das war noch schlimmer, als wenn er Gray wegen seines Tons zurechtgewiesen hätte. Gray spürte, dass sich gerade etwas für immer zwischen ihnen veränderte. Fast wünschte er sich, dass er den Mund gehalten hätte.

Aber eben nur *fast*.

Mr Steel witterte seine Chance: »Dann können wir mit deinem Besuch rechnen, Grayson?«

Gray ballte die Fäuste. Er wusste es nicht! Hilfe suchend schaute er zu seinem Dad, der noch immer zu Boden sah. Und nach endlosen Sekunden nickte. Er hob den Kopf. Die Bewegung schien ihm unendlich schwerzufallen. »Ich habe von verantwortungsvollen Entscheidungen gesprochen. Die muss jeder für sich selbst treffen. Ich glaube, dafür bist du jetzt alt genug, Grayson. So habe ich dich zumindest erzogen. Ich kann dir daher nur meinen Rat anbieten.« Er wandte sich an Mr Steel und gewann etwas Selbstsicherheit zurück. »Danke für Ihren Besuch, aber ich fordere Sie ein letztes Mal auf, mein Haus zu verlassen. Ihre Karte legen Sie auf die Anrichte da drüben. Ich verspreche nicht Ihnen, sondern meinem Sohn, dass ich sie nicht anrühren werde. Wenn er es möchte, kann er Sie anrufen, um sich näher zu informieren.« Ein Blick zu Gray. »Nachdem er in Ruhe darüber nachgedacht hat.«

Mr Steel musterte Grays Dad. Er schien zu dem Ergebnis zu kommen, dass er ihm trauen konnte, nickte knapp, verabschiedete sich mit einem weiteren Nicken in Grays Richtung und ging zur Tür. »Ich muss Sie beide bitten«, sagte er noch, »die Angelegenheit zur Sicherheit der Jugendlichen, die an dem Programm teilnehmen werden, streng vertraulich zu behandeln. Die Sache wird sich in bestimmten Kreisen ohnehin schnell herumsprechen, sobald Team Ghost aktiv wird. Bis dahin möchte ich es aber geheim halten.«

Gray wartete nicht, bis er die Tür hinter sich schloss. Er wartete auch nicht ab, bis sein Dad ihn aufhielt, um über das Geschehene zu reden. Er eilte zur Treppe und lief nach oben in sein Zimmer.

Bounty Hunter, hallte es bei jedem Schritt in ihm nach. Kopfgeldjäger. Sah die Lösung für seine Probleme wirklich so aus?

KAPITEL 5

Donnerstag, 08. April, 07:19 Uhr, Ecke South 18th und Elm Street, Painmore

Gray balancierte auf der Umrandung des Sandkastens, während Isaac mit einem breiten Grinsen im Gesicht auf ihn zukam. Er ließ den Schulrucksack achtlos von der Schulter in die Wiese gleiten.

»Kopfgeldjäger. Der Wahnsinn!« Seine Augen leuchteten, als hätte man sie gegen zwei Flutlichtstrahler ausgetauscht. Er blickte sich um, aber um diese Uhrzeit waren sie so allein auf dem Spielplatz wie jeden Morgen, bevor sie sich auf den Weg zur Schule machten.

Schwankend blieb Gray stehen. Gestern hatte er Isaac in einer Audio von Mr Steel erzählen wollen. Dann hatte er es sich anders überlegt und seinen besten Freund nur gebeten, heute zehn Minuten früher da zu sein als sonst. Wenn Isaac schon Bescheid wusste, konnte das nur bedeuten …

»Mr Steel war auch bei dir?«

Isaac trat zu ihm auf die Umrandung, rutschte ab und landete in der Ruine einer kleinen Sandburg. Er zog den Schuh heraus und schüttelte den Sand ab. »Gleich nachdem er dich besucht hat, klar. Irrer Typ, was? Meine Eltern waren mächtig beeindruckt.«

»Was hat er euch gesagt?«

»Das Gleiche wie dir, schätze ich.« Er rieb sich das rechte Ohrläppchen. Eine unbewusste Geste, die er oft machte, wenn er nachdachte. »Die Idee ist nicht schlecht. Jugendliche fallen weniger auf als Erwachsene. Manchmal habe ich das Gefühl, dass wir für sie gar nicht existieren. Bevor also ein Flüchtiger checkt, was passiert…«, er streckte die Arme nach vorn, Handgelenke aneinander, »…*zack*!« Mr Steel schien seinen Vortrag tatsächlich Wort für Wort wiederholt zu haben. »Was meint dein Dad zu der Sache? Ich kann mir nicht vorstellen, dass er begeistert war.«

Gray nickte in Richtung der Schaukeln und schlenderte los. Früher war die Strecke weit genug für ein Wettrennen gewesen, mittlerweile brauchten sie nur wenige Schritte, bis sie dort waren. Gray quetschte sich zwischen die Stahlketten auf die schmale Sitzfläche. Isaac nahm neben ihm Platz und versetzte sich mit angezogenen Beinen leicht in Bewegung.

»Der hätte ihn am liebsten rausgeschmissen, bevor er mit mir reden konnte«, beantwortete Gray seine

Frage. »Wie ist es mit deinen Eltern? Deine Mom hat nichts dagegen, dass du auf Verbrecherjagd gehst?«

Sofia Whitman war für Gray zwar keine Ersatz-Mom, aber einer fürsorglichen Tante kam sie schon sehr nahe. Manchmal war es ihm fast peinlich, wenn sie sich mehr um ihn sorgte als um ihren eigenen Sohn und dessen jüngere Schwester Gretchen. Was nicht hieß, dass er ihre Zuwendung nicht genoss. Für manche Dinge war man nie zu alt. Eine zweite Tasse heiße Schokolade vor dem Schlafengehen zählte eindeutig dazu.

Isaac zuckte die Achseln. »Skeptisch waren sie schon. Aber Steel setzt uns ja nur auf Kleinkriminelle an. Und er drückt uns keine Waffen in die Hand.«

Auf die Idee war Gray noch gar nicht gekommen. Isaacs Mom und sein Dad hatten da wohl weiter gedacht und gleich nachgefragt. Grays Mundwinkel zuckten. »Da wird Ben aber traurig sein.«

»Wieso Ben?«

Gray war verwirrt. »Wenn Mr Steels Sohn uns beide beobachtet hat, hat er auch ihn gesehen. Und Réka.« Er stand auf, schüttelte die Beine aus und rief sich Mr Steels Kommentar über das Match ins Gedächtnis. *Du hast die Fässer als Fluchtpunkt für Chris Holland schon im Auge gehabt, bevor Benedict den Angriff gestartet hat?*

Die Info konnte er nur von seinem Sohn haben. In

dessen Augen hatte Gray wohl mit Übersicht gehandelt. Isaac musste mit Teamgeist gepunktet haben. Er hatte vor den entscheidenden Minuten mehrmals bewiesen, dass er nicht nur auf sich achtete, sondern auch auf Gray, Ben und Réka. Konnte es sein, dass Eric dann auch Ben richtig eingeschätzt hatte? Immerhin hatte der Idiot ohne Absprache gehandelt. Dummerweise hatte Eric dann auch gesehen, dass Réka sich dem Möchtegern-Rambo ohne Zögern angeschlossen hatte.

Isaac war inzwischen ebenfalls aufgestanden und hatte sein Smartphone hervorgeholt. Er scrollte mit konzentrierter Miene und schüttelte dann den Kopf. »Angegeben hat Ben nicht damit.«

»Mr Steel hat um Stillschweigen gebeten.«

Isaac sah Gray nur mitleidig an. »Und daran hält sich ein Benedict Kramer? Er hätte auf jeden Fall durchblicken lassen, dass er demnächst was Besonderes macht. Vor zehn Minuten hat er aber nur das hier abgesetzt.« Er hielt Gray den Bildschirm hin. Er zeigte das Foto einer riesigen Schüssel Haferflocken mit Obst, angereichert mit einem Kraftpulver für Bodybuilder. Dazu ein Eiweißshake, von dem Gray die ganze Woche satt geworden wäre. Darunter blinkte ein quietschbuntes *Yummy!*

Okay, Ben war also raus. Und Réka?

Wie Isaac holte Gray sein Handy aus der Tasche.

Er entsperrte das Gerät mit einem Wischen und öffnete die Kontakte. Die Möglichkeit, einen Kleinkriminellen zu schnappen und dafür eine Prämie einzustreichen, hätte eigentlich schon ausreichen müssen. Aber der Gedanke, der Gray gerade kam, war sogar noch besser. Er konnte zwei Fliegen mit einer Klappe schlagen – wobei Fliege Nummer zwei ein Stück vom Pazifik in einem ihrer sowieso hübschen Augen schwamm!

Er kontrollierte, ob die Nummer, die er am Morgen abgespeichert hatte, mit einem seiner Messenger verknüpft war. Natürlich nicht. Für einen Moment flaute das Hochgefühl ab, das in seinem Magen aufgeploppt war wie ein Maiskorn in der Mikrowelle. Wo war das blöde Symbol für die Textnachrichten? Hatte sein Gerät diese veraltete Funktion überhaupt? Wer verschickte heute noch SMS?

Endlich fand er es.

»Was schreibst du?«

Isaac spähte ihm über die Schulter. Eigentlich konnte Gray das nicht leiden, aber Isaac wusste ohnehin alles von ihm. In Ordnung, *fast* alles. Von Ms Duttons Ultimatum hatte Gray ihm noch nichts erzählt.

Was bald vielleicht auch nicht mehr nötig sein würde.

»Ich schlage Mr Steel noch jemanden für das Team vor.« Grays Herz schlug schneller, als er begriff, was er damit ausdrückte. Wenn er *noch jemanden* sagte, hieß das, dass er gerade im Begriff war, seine eigene Teilnahme zu bestätigen.

»Und was wird dein Dad sagen?«, fragte Isaac.

Grays Herz stolperte. Dann klopfte es regelmäßig weiter. »Dass es meine Entscheidung ist.« Sein Daumen verharrte über dem Papierfliegersymbol, mit dem er seine Nachricht an Mr Steel abschicken würde. Dann berührte er es.

KAPITEL 6

Nacht von Samstag auf Sonntag, 11. April, 01:14 Uhr, GPS-Koordinaten 47°33'11.0''N 121°36'56.0''W, nahe dem Bessemer Mountain

»Ich weiß nicht, was ich davon halten soll.« Grays Dad schaute angestrengt durch die Windschutzscheibe des Toyotas. Viel zu sehen gab es draußen nicht. Die Scheinwerfer erhellten nur wenige Meter des Waldwegs, über den sie die letzten zehn Minuten gerumpelt waren. Er endete vor einem undurchdringlich erscheinenden Gestrüpp. Hier würden sie mit dem Auto nicht mehr weiterkommen.

Gray überflog noch einmal die aus mehreren Koordinaten, Uhrzeiten und knappen Anweisungen bestehende Antwort, die er vor zwei Tagen auf seine Nachricht hin erhalten hatte. »Von hier aus soll ich zu Fuß gehen. Allein.«

»Das gefällt mir nicht.« Sein Dad schien zu glauben,

er würde mehr erkennen, wenn er die Augen zusammenkniff.

Berauschend fand Gray den Gedanken auch nicht gerade, den beheizten Wagen zu verlassen und ohne Begleitung durch den dunklen Wald zu stiefeln. Isaac hatte andere Daten erhalten, lediglich der letzte Punkt war der gleiche gewesen. Ihre Nachfrage, ob sie sich dann nicht gemeinsam zum Ziel aufmachen konnten, war unbeantwortet geblieben.

Gray atmete tief durch. »Es wird schon alles seine Richtigkeit haben. Mr Steel mag es wohl geheimnisvoll.« Er sah zu seinem Dad hinüber. »Wenn jemand wissen will, wo ich bin …«

»… bist du verreist. Erlebnistrip mit Isaac. Eure Telefone habt ihr nur für den Notfall dabei und meistens aus, ihr seid also nicht zu erreichen.«

Die Notlüge galt für den unwahrscheinlichen Fall, dass seine Mom sich mal wieder daran erinnerte, dass sie einen Sohn aus erster Ehe hatte, der sie nach eigener Aussage deshalb entflohen war, weil Grays Geburt *alles verändert* hatte. Darüber hinaus konnte aber auch jemand aus der Schule nachfragen. Statt jedoch die Natur zu erkunden wie behauptet, würden Isaac und Gray ein Camp in der Wildnis Washingtons besuchen, von dem er noch nie gehört hatte. Dort würden sie zu Kopfgeldjägern ausgebildet werden.

Sie. Und Réka. Hoffentlich.

Er angelte sich den Wanderrucksack, den sein Dad ihm zum zehnten Geburtstag geschenkt hatte, von der Rücksitzbank. Das Teil war damals viel zu groß für ihn gewesen. Auch jetzt kam es ihm noch klobig und unhandlich vor. Er bemühte sich, seinem Dad keine Kopfnuss damit zu verpassen, als er es nach vorn bugsierte.

Sein Dad sah ihm tief in die Augen. »Letzte Chance, Gray. Du musst nur ein Wort sagen, und wir drehen um.«

»Nein.« Gray war selbst überrascht, wie sicher seine Stimme klang.

Sein Dad seufzte. »Nicht gerade das Wort, das ich mir erhofft habe. Aber gut. Dann gehe ich ein Stück mit dir.« Er schien sich immer noch nicht mit der Vorstellung abfinden zu können, Gray den nicht sonderlich aussagekräftigen Anweisungen eines Fremden zu überlassen.

Gray hielt das Smartphone hoch. »Allein.«

Sein Dad lächelte gequält. Er griff in die Ablage der Mittelkonsole und hob seinerseits sein Telefon in die Höhe. »Dann melde dich, sobald du dieses Camp erreicht hast. Vorher bewege ich mich keinen Millimeter weg von hier.«

»Aye, Sir!«, gab Gray mit einem Grinsen von sich.

Der Scherz verfehlte seine Wirkung.

»Gewöhn dir das bloß nicht an.« Sein Dad drohte

mit erhobenem Zeigefinger und beugte sich dann herüber. Er legte Gray die Hand in den Nacken und zog ihn so weit zu sich, dass Grays Stirn seine berührte. »Pass auf dich auf! Ich erwarte einen täglichen Bericht. Wenn du dich plötzlich doch unwohl fühlst bei der Sache, hole ich dich sofort ab. Eine Stunde, und ich bin da.«

Gray unterließ es, ein weiteres *Aye* von sich zu geben. Er drückte mit seiner Stirn gegen die seines Dads, dann tastete er nach dem Griff der Beifahrertür und stieß sie auf. Kalte Luft strömte ins Wageninnere. Wölkchen bildeten sich vor seinem Mund. Gray stieg aus, bevor er es sich anders überlegen konnte, schulterte den Rucksack und schnallte sogar Brust- und Bauchgurt fest wie ein dämlicher Tourist. Er schloss die Tür und ging auf den vom Toyota angestrahlten Dschungel zu.

Die Scheinwerfer ließen seinen eigenen Schatten über die dichten Äste, Zweige und Blätter tanzen. Je näher er dem vermeintlichen Ende des Wegs kam, desto deutlicher tat sich ein kleiner Durchgang auf. Wahrscheinlich hatten Tiere einen Trampelpfad durch das Dickicht gebahnt. Gray musste sich bücken und verfluchte den riesigen Rucksack, der ihm das Vorankommen erschwerte. Ständig blieb er an irgendwelchen Ranken hängen.

Endlich trat er auf der anderen Seite ins Freie. Er orientierte sich mithilfe seines Smartphones, dann steckte er es weg, damit der Bildschirm ihn nicht blendete. So finster wie gedacht war es auch gar nicht. Über den Kegeln der Tannen standen Millionen heller Punkte am Himmel. Als glitzerndes Band zog sich die Milchstraße über das Firmament.

So deutlich sah man sie in der Stadt nie. Es war fast ein wenig kitschig. Was nichts daran änderte, dass es wunderschön aussah!

Die Sterne spendeten ausreichend Licht. Gray konnte problemlos umgefallenen Bäumen und aus dem Moos ragenden Wurzeln und Steinen ausweichen. Das beruhigende Brummen des Motors blieb zurück. Bald herrschte eine so absolute Stille, dass es Gray fröstelte. Er war allein. Und dennoch beschlich ihn das ungute Gefühl, als wäre er es nicht.

Er blickte sich um. Nein. Da war niemand.

Gray hatte sich auf rund zwanzig Minuten Marsch bis zum nächsten Wegpunkt eingestellt. Allerdings hatte er die Höhenmeter unterschätzt, die er dafür zu bewältigen hatte! Trotz der Kälte lief ihm nach kurzer Zeit unter der Jacke und dem Pullover der Schweiß den Rücken hinunter. Hoffentlich bestand dieses *Camp* nicht bloß aus einem Haufen Zelte. Er brauchte dringend eine Dusche.

In das silbrige Licht der Sterne mischte sich ein anderes. Es leuchtete beinahe unangenehm hell in den

Wald. Gray erwischte sich dabei, wie er die Augen zusammenkniff wie sein Dad, und lachte leise.

Ein Zaun spannte sich quer über die Richtung, die Gray beibehalten musste, wenn er auf direktem Weg zum Ziel gelangen wollte. Sicher vier Meter hoch. Die in regelmäßigen Abständen einbetonierten Pfosten machten am oberen Ende einen Knick nach außen. Der überhängende Rand des Zauns war mit Stacheldraht umwickelt. Nicht gerade sehr einladend.

Jenseits der Absperrung war der Wald auf rund dreißig Meter Breite gerodet. Erst dann standen wieder vereinzelt Bäume. Aus ihnen leuchteten die Strahler jeden Quadratzentimeter der freien Fläche aus. Sie verhinderten auch, dass Gray erkennen konnte, was hinter ihnen lag. Waren da Gebäude?

Gray sah nach beiden Seiten. Eine war so gut wie die andere. Er wandte sich nach links und lief weiter. Wie lange war er eigentlich schon unterwegs? Zum Wunsch nach einer heißen Dusche gesellte sich der Hunger. Sein Dad hatte ihm etwas mitgeben wollen, aber eine der Nachricht angehängte Datei hatte haarklein aufgelistet, was Gray einpacken durfte. Essen hatte nicht dazugezählt. Trotzdem hätte jede Fluglinie eine Zusatzgebühr wegen des Gewichts des Rucksacks verlangt! Kein Wunder, dass Grays Beine schwer wurden. Sie wogen mindestens so viel wie seine Augenlider. Oder umgekehrt. Vielleicht verzichtete er auch gleich auf die Dusche und fiel sofort ins Bett, sobald er …

Gray blieb stehen.

Etwa hundert Meter voraus ging der Zaun in einen leichten Bogen über. Gray sah ein Wachhäuschen und einen Schlagbaum über einem breiten Forstweg.

Wenn es eine Zufahrt gab, wieso hatte Mr Steel ihn dann auf diese Wanderung geschickt?

Warum auch immer, Gray war am Ziel. Er hob die Hand, als ein kräftiger Mann Mitte zwanzig in der Tür des Häuschens erschien. Die beeindruckende Gestalt trug einen Tarnanzug. Mit festem Schritt stellte sie sich Gray in den Weg. »Das ist ein Privatgelände. Verschwinde.«

Was sollte das? Gray fuhr mit der Hand zur Hosentasche, um sein Smartphone zu …

»Langsam, Junge!« Der Mann nahm eine ähnliche Haltung ein wie Big Ben bei der Attacke auf den Wohnwagen. Erst jetzt fiel Gray das Holster am rechten Oberschenkel auf.

Ein unangenehmer Druck bildete sich in Grays Magen. Und bewegte sich tiefer. Als wolle er sich verstecken. Gray spürte jeden einzelnen Schlag seines Herzens dumpf in seinem leeren Bauch.

Mit spitzen Fingern pulte er das Gerät aus der Tasche und präsentierte es. »Ich … äh … Mr Steel hat mich eingeladen.«

»Hier gibt es keinen Mr Steel. Also noch mal, verschwinde! Wenn du der Straße folgst, kommst du nach ein paar Kilometern in eine kleine Stadt. Preston Falls. Da findest du sicher ein Telefon, mit dem du die Angelegenheit klären kannst.«

Gray konnte auch von hier aus anrufen und fragen, ob sein Kommen nicht angekündigt worden war. Oder hatte es einen Fehler bei der Übermittlung der Koordinaten gegeben, und Gray war tatsächlich falsch? Vielleicht lag der Zielpunkt ja hinter diesem abgesperrten Gelände?

Er drehte den Bildschirm und stieß ein Stöhnen aus. Nicht ein Balken, wo normalerweise voller Ausschlag war. Ganz toll. Und der Typ in der Uniform wirkte nicht gerade, als würde er Gray von seinem Häuschen aus telefonieren lassen. Gray musste wohl oder übel einen weiteren Fußmarsch in Kauf nehmen.

Seufzend drehte er ab. Er lief einige Meter, erst dann räumte der Wachmann hinter ihm mit knirschenden Schritten seinen Posten.

Nach wenigen Minuten blieb auch das Leuchten zurück, und nur die Sterne über …

Ein Summen an seinem Oberschenkel ließ Gray innehalten. Offenbar hatte er doch früher wieder Empfang, als der unfreundliche Typ gedacht hatte.

Die ersten Nachrichten stammten von seinem Vater und zeigten seine wachsende Sorge, weil Gray sich nicht meldete. Die letzte kam von einer unbekannten Nummer. Sie bestand aus einem einzigen Satz: *Gibst du so leicht auf, Grayson?*

KAPITEL 7

Sonntag, 11. April, 02.20 Uhr, GPS-Koordinaten 47°33'32.2"N 121°37'10.8"W

Das Ganze war ein Test! Mr Steel hatte ihn absichtlich in die Wildnis gelockt und dann endlos durch den Wald stapfen lassen, um ihn mürbe zu machen. Der Kerl am Zaun wusste sehr wohl Bescheid. Er hatte Gray abgewimmelt und Mr Steel dann darüber informiert, dass er einfach klein beigegeben hatte. Oder?

Gray musste wieder daran denken, wie verfolgt er sich vorhin gefühlt hatte.

Aufmerksam schaute er sich um. Da, in der Kiefer! Eine Kamera! Fast hätte er sie für ein Vogelhäuschen gehalten, wäre da nicht das rote Lämpchen gewesen, das den Betrieb anzeigte. Grays Reaktion wurde beobachtet. Und die sollte wohl darin bestehen, dass er trotz des Wachmanns ins Gelände gelangte.

Er machte kehrt und schlug sich wieder ins Unterholz. Er setzte seine Schritte vorsichtig, konnte aber das Knacksen von Zweigen unter seinen Füßen nicht ganz verhindern.

Gut 15 Meter vom Häuschen entfernt ging er hinter einem verwitterten Baumstamm in die Hocke. Mittlerweile lief ihm der Schweiß nicht mehr nur den Rücken hinunter – den Pullover konnte man *auswringen!*

Konzentriert schaute er nach vorn. Kein bläuliches Flimmern in den Fenstern, das auf einen laufenden Fernseher hinwies. Ohne die Ablenkung würde der Wachmann ihn hören. Gray musste warten, bis er abgelöst wurde. Dabei ergab sich sicher eine Möglichkeit. Vielleicht drückte den Kerl auch vorher schon die Blase, und er musste austreten.

Ein erneutes Vibrieren ließ Gray aufschrecken. Schnell nahm er sein Telefon aus der Tasche und schirmte den Bildschirm ab, damit das Leuchten ihn nicht verriet.

Drei Minuten, Grayson.

Mr Steel schien ihn auch hier im Blick zu haben. Und er wollte etwas sehen.

Na gut.

Gray hob den Kopf.

Auf der anderen Seite der Schotterpiste befand sich eine Einbuchtung. In der Mitte der Fläche waren Holzhäcksel aufgeschichtet, offenbar von einem Kahlschlag in der Nähe. Der Berg war gut drei Meter hoch und maß zehn, elf Meter im Durchmesser. Wie lange brauchte man, um ihn zu umrunden? Eine halbe Minute? Und wie lange würde er den Blick auf den Eingang verdecken? Zehn Sekunden? Fünf? Nicht gerade üppig. Gray würde es dennoch riskieren müssen.

Er schob sich über den Stamm und kroch so weit wie möglich nach vorn. Er fand einen faustgroßen Stein, holte aus und warf ihn in hohem Bogen über die Häcksel. Mit einem unerwartet lauten Krachen schlug er in ein Gebüsch ein.

Der Wachmann sprang aus dem Häuschen, als hätte er nur darauf gewartet. Er musste annehmen, dass Gray sich hinter dem Häckselberg am Zaun zu schaffen machte. Gray rannte in dem Moment los, als der Mann dahinter verschwand.

Es war fast unmöglich, mit dem schweren Rucksack schnell *und* leise voranzukommen. Gray versuchte es dennoch. Nur noch ein kleines Stück, dann hatte er es geschafft!

Er bückte sich unter dem Schlagbaum hindurch, richtete sich auf und lief weiter. Er passierte die Strahler, die nach außen gerichtet waren. Jetzt dürfte er von dort aus nicht mehr zu sehen …

Etwas rammte ihn von der Seite. Dicke Arme schlossen sich um seine Hüften, dann prallte er mit voller Wucht auf den Boden. Seine Kiefer schlugen schmerzhaft aufeinander.

»Hab ich dich, Kumpel. Hast du echt gedacht, dass ich auf die alte Nummer reinfalle?« Das Gewicht auf Grays Brustkorb verschwand. Der Wachmann holte ihn ebenso ruppig auf die Beine, wie er ihn gerade umgeworfen hatte. »Abmarsch.«

»Ich habe eine Nachricht bekommen, die mich aufgefordert hat …«

»Mund halten!«

»Aber wenn ich Ihnen erklären dürfte, worum es geht, könnten wir …«

Ein Stoß ließ ihn nach vorn stolpern. Das Gewicht des Rucksacks riss ihn beinahe zu Boden. Der Mann hielt Gray in letzter Sekunde fest. »Jetzt verstanden?«

Gray nickte.

Der Wachmann führte ihn an einer Reihe lang gezogener Unterkünfte vorbei auf die größeren Gebäude zu, die sich nun klar vor dem Sternenhimmel abzeichneten. Mehrere Stockwerke erhoben sich in der Mitte der Anlage. Nur vereinzelt brannten Lichter. Sie passierten einen Parkplatz, und Gray rutschte das Herz an der Unterhose vorbei in die äußerste Sockenspitze.

Gepanzerte Einsatzfahrzeuge in Tarnfarben. Von wegen Privatgelände! Gray war unerlaubt in eine militärische Einrichtung eingedrungen!

Der Wachmann bugsierte Gray an weiteren Gebäuden vorbei auf einen Platz in deren Mitte zu. Wieder verhinderten Strahler, dass er mehr als vereinzelte

Schatten erkennen konnte. Aber das war jetzt auch schon egal. Er musste etwas unternehmen!

»Ein Irrtum, Sir!« Er bemühte sich nicht, seine Stimme zu kontrollieren. Wenn der Kerl seine Verzweiflung hörte, kapierte er vielleicht, dass es ihm ernst war. »Es tut mir leid! Wenn Sie mich laufen lassen, verrate ich nichts von dieser, ähm, Basis. Ich habe gar nichts gesehen!«

Der Kerl schob ihn an den Lichtern vorbei – und Gray blieb wie vom Blitz getroffen stehen. Oder vom Einsatzfahrzeug überrollt.

»Ben?«

Okay, jetzt hasste er sich doch dafür, wie seine Stimme kiekste. Zu allem Überfluss grinste ihn dieser blöde Angeber auch noch so breit an wie ein genmanipulierter Ochsenfrosch. Neben ihm schüttelte Isaac den Kopf. Als wolle er Gray davor warnen, etwas Dummes zu sagen. Dabei hatte Gray das längst getan. *Bitte lassen Sie mich laufen, ich habe nichts gesehen.*

Rechts von Isaac betrachtete Réka die Szene aufmerksam.

Die drei waren nicht die Einzigen, die Grays unrühmliches Eintreffen mitverfolgten. Rund zwei Dutzend Jugendliche hatten sich auf dem Platz versammelt, darunter Chris Holland und Wahrscheinlich-Phil von der West High. Allerdings kommentierte keiner der beiden Grays Auftritt.

Nur Ben riss weiter die Klappe auf. »Mach dir nicht gleich in die Hosen, Parker.«

Die Bohnenstange gab ihr meckerndes Lachen von sich, und auch Bohnenstanges Kumpel quittierte Bens Spruch mit einem anerkennenden Nicken. Moment mal, waren die vor ein paar Tagen nicht *Gegner* gewesen? Brauchte es so wenig, dass diese Idioten sich Ben anschlossen?

Den Wachmann kümmerten die Reaktionen nicht. Er schob Gray auf eine Gruppe Jungen und Mädchen zu, die mit hängenden Köpfen dastanden, und gesellte sich dann zu einigen weiteren wartenden Wachen.

Gray gehörte zu den Losern, die geschnappt worden waren! Eine Tatsache, die Ben voll auskostete: »*Bitte nicht einsperren, Sir, ich will nach Hause!* Du jammerst wie ein Mädchen, Parker.«

Neben Ben zog Réka eine Augenbraue nach oben. Immerhin.

»Ich hab nicht …!« Gray hielt inne und atmete tief durch. »Okay, ich hab gejammert. Alles Teil des Plans.« Die Idee wuchs, während er sprach: »Die Aufgabe war doch, hierherzukommen. Es war nie die Rede davon, dass ich mich nicht bringen lassen darf. Ich habe auf harmlos gemacht, um …«

»Du *bist* harmlos«, schnaubte Ben. Die leichte Verunsicherung auf seinem Gesicht konnte er damit nicht überspielen. Er fing sich und fügte großspurig hinzu:

»Wolltest du die Soldaten etwa mit deinen Tränen ertränken?«

»Ich bin hier!«, fuhr Gray auf. »Nur darauf kommt es an. Wenn Mr Steel endlich aufkreuzt, erkläre ich es ihm und bin genauso im Team wie du!«

»Da irrst du dich, Grayson.« Aus dem Schatten eines Gebäudes trat ein Mann. Dass es sich nicht um Mr Steel handelte, erkannte Gray erst auf den zweiten Blick. Die grauen Haare waren ebenso kurz rasiert und erzeugten im Licht einen silbernen Schimmer um den fast kahlen Kopf. Dafür ruhten dichte Brauen mit einem Rest Schwarz über zwei wachen Augen. Auch von der Statur her hätten Mr Steel und der Mann Brüder sein können. Nicht-Mr-Steel schritt mit einer solchen Selbstverständlichkeit auf sie zu, dass er mit seiner Person die gesamte Fläche einzunehmen schien.

In den Händen hielt er ein Klemmbrett. Er schlug die Blätter darauf um. Gray sah sauber angelegte Akten mit den Bildern der Jugendlichen. Daher wusste der Mann also seinen Namen.

»Ich bin Scott Bishop«, stellte er sich selbst vor. »Ich leite Camp Painmore. Wir bieten staatlichen und privaten Spezialkräften Trainingsmöglichkeiten für den Ernstfall. Geiselbefreiungen, Aufklärungsmissionen, Rettungseinsätze, Gefangennahme gesuchter Personen. Dieses Wissen geben wir auch an Fugitive Recovery Agents weiter.« Eine kleine Pause. »Und nun also an jugendliche Kopfgeldjäger.« Er hielt erneut inne, bevor er weitersprach. »Eure Ausbildung wird sich naturgemäß von der der Erwachsenen unterscheiden. Wir werden euch dennoch einen realistischen Einblick in das Geschäft geben und darüber hinaus eure Reaktionen auf zusätzliche Gefahrensituationen und Herausforderungen beobachten. Erst dann wird Mr Steel auf meinen Rat hin sein Team zusammenstellen.«

»Wir müssen eine Auswahl durchlaufen?« Die Frage platzte aus Gray heraus. Davon hatte Mr Steel nichts erwähnt! Aber Gray hätte selbst darauf kommen können. Die Anzahl der Jungen und Mädchen auf dem Platz war zu groß für ein einzelnes Team.

Ben öffnete leicht die Lippen: »Du nicht. Du bist ja nicht mal ins Camp gekommen.«

Falls Bishop den Kommentar mitbekommen hatte, ignorierte er ihn. »Interessante Herangehensweise übrigens, um zum Ziel zu gelangen, Grayson.« Grays Ausführungen zu seinem angeblichen Plan hatte er also gehört. Und er glaubte kein Wort. Um das zu erkennen, brauchte man keinen Collegeabschluss. Er musterte Gray quälend lang, dann nickte er in Richtung von Isaac, Ben und Réka. »Willkommen im Camp. Geh zu deinen Freunden. Und überrasch mich in den nächsten Tagen.« Er drehte ab und widmete sich der Handvoll Jungen und Mädchen neben Gray. »Ihr seid leider gescheitert und verlasst uns. Eure Eltern sollten sich noch in der Nähe aufhalten.« Er erstickte jeden möglichen Protest über die ungleiche Behandlung mit leicht erhobener Hand. »Einer meiner Mitarbeiter wird euch in ein Büro führen. Dort unterzeichnet ihr einige Formulare, die jedem vorgelegt werden, der einen Fuß ins Camp setzt. Darin erklärt ihr eure Verschwiegenheit über alles, was ihr hier gesehen und gehört habt. Da wir auch Teile der Streitkräfte beherbergen, gefährdet ein Vertragsbruch die nationale Sicherheit und wird mit einem Gefängnisaufenthalt von mehreren Jahren bestraft. Davor bewahrt euch nicht einmal euer jugendliches Alter. Überlegt es euch also gut.«

Die Jungen und Mädchen trotteten mit gesenkten Köpfen einem von Bishops Mitarbeitern hinterher. Gray hingegen blieb stehen. Die Gedanken wirbelten so heftig durch seinen Kopf wie eine halbe Stunde zuvor, als er die seltsame Nachricht erhalten hatte. Zweifelsohne nicht von Mr Steel, sondern von diesem Bishop. *Gibst du so leicht auf, Grayson?* Nein, das tat er nicht. Er hatte es ins Camp geschafft. In die Auswahl. Mit einer sehr durchschaubaren Lüge zwar, aber immerhin.

Doch im Team war er deshalb noch lange nicht.

KAPITEL 8

Sonntag, 11. April, 03:25 Uhr, Camp Painmore

»Nein, es ist wirklich alles in Ordnung.« Gray konnte nur hoffen, dass die Umstehenden die lautstark geäußerte Kritik seines Dads an der Nachtwanderung nicht gehört hatten. Er sprach leise in die Sprechmuschel des altmodischen Schnurtelefons am Ende des Flurs. »Du kannst dich auf den Heimweg machen. Es geht mir gut.« Er verabschiedete sich, hängte den Hörer ein und wandte seine Aufmerksamkeit dem Wachmann zu, der ihn aufgehalten hatte. Cooper. Ob es sich dabei um seinen Vor- oder Nachnamen handelte, hatte Mr Bishop nicht erwähnt.

Endlich konnte Gray ihn sich genauer ansehen. Cooper konnte ebenso gut Profi-Footballer sein wie Wachmann. Er wirkte fast übertrieben männlich. Nur sein Gesicht wies weiche Züge auf. Das Wort *Babyspeck* beschrieb seine Wangen ziemlich gut.

Hatte Gray ihn an der Zufahrt für Mitte zwanzig gehalten? Der Junge war definitiv nicht älter als 19.

»Ich zeige euch jetzt eure Unterkünfte.« Seine kräftige Stimme ließ den Babyspeck schnell vergessen. »Danach führe ich euch über das Gelände.« Er ignorierte das einsetzende Stöhnen und wies den Gang hinab. »Benedict Kramer, Abmarsch. Du gehst vor. Dort entlang.«

Ben setzte sich in Bewegung. Cooper hingegen wartete, bis Gray und Isaac auf seiner Höhe waren. Er legte Gray die Hand auf die Schulter und drückte in einer wohl freundschaftlich gemeinten Art und Weise zu. Gray verkniff sich einen Schmerzenslaut. »Nichts für ungut, Kumpel. Wenn wir das Gelände ernsthaft hätten sichern sollen, wärt ihr nicht einmal in die Nähe gekommen. Es ging bei dem Spaß nur darum, euch das Leben ein wenig schwerer zu machen.«

Der *Spaß* hatte Gray fast die Chance gekostet, auf der Seaside zu bleiben. Gray schluckte einen entsprechenden Kommentar hinunter. Isaac wusste noch immer nichts davon.

»Der Major wirkt auf den ersten Blick vielleicht etwas grimmig«, fuhr Cooper fort, »aber er ist in Ordnung.«

Der Major? Bishop war also ein Angehöriger des Militärs, genau wie Gray vermutet hatte. Cooper damit wohl auch. Gray musterte seinen Tarnanzug, fand aber kein Abzeichen, das auf eine bestimmte Einheit schließen ließ. Dann waren die beiden und auch der Rest von Bishops Mitarbeitern eher *ehemalige* Soldaten?

»Mehr als in Ordnung!«, ergänzte Cooper. »Hat etliche Orden bekommen, nachdem er in jungen Jahren einige knifflige Einsätze geleitet hat. Auch danach war er sich nicht zu fein, immer dort zu sein, wo es brenzlig wurde. Hätte nach seinem aktiven Dienst eine Karriere im Verteidigungsministerium anstreben können. Aber er hat sich für das hier entschieden.« Er wedelte mit der riesigen Pranke und schloss die gesamte Anlage mit ein. »Er meint, dass er seine Erfahrung am besten dazu einsetzt, um anderen das Nötige beizubringen.«

Sie erreichten das Ende des Flurs. Cooper klopfte Gray so fest auf die Schulter, dass Gray fast in die Knie ging, und übernahm wieder die Führung. Er bog in einen kleinen Vorraum ein, der einen weiteren Gang in der Mitte teilte. »Männlein rechts, Weiblein links.« Er streckte sich und öffnete eine der Türen im rechten Flur. Der Blick in das Zimmer dahinter war ernüchternd. Ein Bett auf jeder Seite, ein Fenster mit einem kleinen Heizkörper darunter, in der Ecke ein winziger Tisch mit zwei Stühlen. Die Schränke waren in die Wände eingelassen. Kein Bad. Wahrscheinlich gab es irgendwo eine Gemeinschaftsdusche. Gray war es gleich.

Die Betten hätten nicht weniger verlockend ausgesehen, wenn sie aus Backsteinen bestanden hätten.

»Um die Aufteilung kümmern wir uns später, jetzt sehen wir uns …«

»Können wir nicht wenigstens unsere Rucksäcke hierlassen?«, unterbrach Wahrscheinlich-Phil ihn.

»Hast du ein Problem mit dem bisschen Gewicht auf deinen Schultern?«, fragte Cooper zurück. Der West Highler starrte ihn verkniffen an, kapierte aber, dass es darauf nur eine Antwort geben konnte. Er schüttelte den Kopf. Cooper nickte zufrieden. »Dann ist ja gut.«

Er führte die Gruppe aus dem Gebäude hinaus auf ein weiteres zu, das sich beim Betreten als Sporthalle herausstellte. Der typische Geruch des Holzbodens, vermischt mit dem Schweiß der Trainierenden, der sich über die Jahre in den Seilen und Matten, an den Stangen und Kästen festgesetzt hatte, war unverkennbar. Ein weiterer stach hervor. Chlor? Tatsache! Cooper brachte den Trupp durch eine Umkleide und an den Duschen vorbei in eine riesige Schwimmhalle.

Staunend legte Gray den Kopf in den Nacken. Der Sprungturm am Ende des Beckens war sicher zwanzig Meter hoch! Auch das Becken selbst wies olympische Maße auf. Die ganze Anlage war beeindruckend. Und es war verdammt warm hier drinnen! Die Heizung musste auf *Tropen* laufen. Dazu kam die hohe Luftfeuchtigkeit. Neben Gray schob Isaac sich die Brille auf der Nase nach unten, damit er über die beschlagenen Gläser hinwegschauen konnte. Auch Gray troff der Schweiß aus jeder Pore.

Ein lauter Knall ließ ihn nach vorn sehen. Phil hatte seinen Rucksack abgestreift und auf die Fliesen geworfen. »Ich geh gleich ein«, murmelte er und schob einige unschöne Beleidigungen hinterher. Sie richteten sich nicht direkt an Cooper. Die Umstehenden rückten trotzdem von ihm ab, als hätte er eine ansteckende Krankheit.

Gray wurde mit Isaac an den Rand des Beckens gedrängt. Wie tief war das Ding eigentlich? Fünf Meter? Sechs? Man konnte glatt einen Tauchgang zur *Titanic* darin üben! Vergeblich versuchte Gray, etwas Abstand zum glitzernden Nass herzustellen.

»Klingt, als hättest du doch ein Problem, Phil«, stellte Cooper trocken fest.

»Reine Schikane!«, blaffte Jetzt-sicher-Phil und riss sich die Jacke auf.

»Wären wir beim Militär, würde ich dir sagen, dass es *Reine Schikane, Sir!* heißt.« Cooper ließ keinen Zweifel daran, dass Phil es besser genau so hätte halten sollen. »Aber das sind wir nicht, richtig. Du bist freiwillig hier, weil du ein Angebot erhalten und angenommen hast. Wenn etwas Schlafmangel und Hunger in Verbindung mit Bewegung an der frischen Luft, ein paar Kilogramm Gepäck und nun einem wunderbar angenehmen Klima dich derart leicht aus der Bahn werfen, ruft das allerdings ernsthafte Zweifel an deinem Durchhaltevermögen wach. Hast du eine Ahnung, wie lange die Observierung eines Objekts dauern kann, in dem ein Flüchtiger vermutet wird? Welche Strapazen gegebenenfalls auf dich zukommen? Wenn du dich dem nicht stellen willst, fein.« Er nickte mit dem Kinn zur Tür, durch die sie hereingekommen waren. »Vergiss nicht, die Formulare zu unterzeichnen, die der Major erwähnt hat.«

Es wurde so still, dass man einen Schweißtropfen fallen gehört hätte. Nur die Lüftung pumpte ununterbrochen weiter warme Luft in die Halle. Phils unterdrückte Wut gesellte sich dazu. Sie *schrie* geradezu aus seinen hektischen Atemzügen. Auch Grays Herz klopfte schneller. Wann knickte der Idiot endlich ein und entschuldigte sich? Sogar sein schlaksiger Kumpel war trotz der Hitze bleich geworden. Ganz anders Réka. Sie grinste, als sie Grays Blick auffing. *Karma*, signalisierte sie mit einem Achselzucken und spielte damit wohl auf Phils Verhalten beim Paintball an.

Das Lachen platzte aus Gray heraus, bevor er es unterdrücken konnte. Es hallte so laut durch das Bad, dass er selbst zusammenzuckte. Immerhin brach er damit die Blockade in Phils Gehirnwindungen. Der Kerl bückte sich und hob seinen Rucksack auf. »Ich bleibe. *Sir!*«

Cooper nickte. »Dann werfen wir jetzt einen Blick auf den Fuhrpark des Camps. Nach dir, Phil.«

Mit festen Schritten lief Phil los. Er packte seinen Rucksack am Träger, schwang ihn sich in einer ausholenden Bewegung auf den Rücken – und drehte sich im letzten Moment so, dass er Gray damit erwischte.

Die Wucht überraschte Gray auf dem falschen Fuß. Wie eine halbe Stunde zuvor, als Cooper ihn umgeworfen hatte, verlor er das Gleichgewicht. Er ruderte mit den Armen und griff nach der Hand, die Isaac ihm entgegenstreckte. Er verfehlte sie knapp und kippte hintenüber ins Becken.

Im ersten Augenblick schien das Wasser ihn wie ein weiches Polster aufzufangen. Als wäre es das Bett, dass Gray sich sehnlich gewünscht hatte.

Dann öffnete es sich und verschluckte ihn.

KAPITEL 9

Sonntag, 11. April, 03:40 Uhr, Zimmer 11, Hotel Paradiso, 428 10th Avenue, Downtown, Seattle

Asher lag auf der zu dünnen Matratze und fand keinen Schlaf. Er vermisste seine Bude. Natürlich war die hohe Miete, die er dafür bezahlte, einer der Gründe, warum er die Kaution nicht selbst hatte stellen können. Jetzt musste er hier ausharren, damit der dämliche Agent ihn nicht zu Hause antraf und herausfand, dass er alles andere als krank war.

In ein paar Tagen würde Asher sich bei ihm melden. Er würde unauffällig in Erfahrung bringen, ob jemand bei ihm gewesen war. Im Notfall würde er einen Freund erfinden, bei dem er untergekommen war. Keinen klaren Gedanken hatte er fassen können, so schlecht war es ihm nach der Entlassung aus dem Gefängnis gegangen! Sicher hatte ihm der Fraß dort auf den Magen geschlagen! Etwas in der Art.

Asher würde jammern wie ein kleines Kind. Das hatte bisher immer geholfen. Zumindest die Jugendrichter waren stets darauf hereingefallen.

Asher sah zur fleckigen Decke hinauf. In der Etage über ihm musste es vor nicht allzu langer Zeit einen Wasserschaden gegeben haben. Entsprechend froh war der Besitzer des Hotels um ihn als neuen Gast gewesen. Er hatte nicht einmal nach Ashers Ausweis gefragt. Asher hatte den ersten Namen auf die Anmeldung gekritzelt, der ihm eingefallen war. Der Hotelbesitzer hatte nicht einmal die Stirn gerunzelt. Schade, dass er den Witz nicht hatte würdigen können. Schließlich beherbergte er unter seinem Dach jetzt *Noah Webster*, den 1843 verstorbenen Verfasser des wichtigsten Wörterbuchs der amerikanischen Sprache.

Asher war also *inkognito* unterwegs. Ein schönes Wort, das er jetzt endlich einmal benutzen konnte. Und dann auch noch für sich selbst!

Seufzend tastete er neben sich auf dem Nachttisch nach seinem Smartphone. Kein weiterer Anruf. Eine leichte Enttäuschung stach ihm in die Brust. Aber auch Ashers neuer Geschäftspartner musste einmal schlafen. Außerdem hatte die Stimme ihm alle Informationen zukommen lassen, die er momentan brauchte.

Asher stemmte sich auf die Ellbogen und schob die leere Nudelbox vom Bett, deren Inhalt sein Abendessen dargestellt hatte. Mit einem hölzernen Klappern der Stäbchen landete sie auf dem Teppich. Dem Besitzer würde die auslaufende Sojasoße sicher nicht auffallen. Mit Sauberkeit schien er grundsätzlich nicht sonderlich viel anfangen zu können.

Asher zog sich sein MacBook von der anderen Seite des Betts heran, fuhr es hoch, öffnete den Webbrowser und rief eine Seite auf, die er nach dem letzten Telefonat mit The Voice in den Favoriten gespeichert hatte.

Bilder eines Schiffs erschienen.

Die *Symphony* war ein Frachter der vierten Generation mit einer Länge von 287, einer Breite von 39 und einem Tiefgang von etwas mehr als 13 Metern. Ein Winzling im Vergleich zu den Schiffen der *Ultra Large Class*, die zunehmend auf den Weltmeeren unterwegs waren. Im Gegensatz zu ihnen verfügte die *Symphony* aber über einen entscheidenden Vorteil: Sie hatte ein eigenes Ladegeschirr. Somit war sie nicht auf die Infrastruktur der Häfen angewiesen. Das bedeutete weniger Leute, die Fragen stellten und Antworten in Form von Geldscheinen erhalten mussten.

Ashers Finger flogen über die Tastatur. Eine Seekarte baute sich auf.

Vor wenigen Tagen war die *Symphony* vom ostchinesischen Ningbo-Zhoushan-Hafen aus gestartet. Sie hatte Besatzung und Fracht über das Japanische Meer auf die nördliche Route durch die Beringsee gebracht.

Asher startete das Livetracking. Ein blinkender

Punkt erschien. GPS 54°31'33.8''N 176°21'33.9''W, 270 Seemeilen nördlich der Andreanof-Inseln vor Alaska. Das Schiff befand sich inzwischen also in amerikanischen Gewässern. Und mit ihm nicht nur die 2.830 Container, welche es laut Ladeliste offiziell transportierte. Sie interessierten Asher kein Stück weit. Ihm ging es nur um den einen, der zusätzlich geladen war.

Asher musste nicht in den schmutzigen Spiegel rechts neben dem Bett schauen. Er wusste auch so, dass er sehr zufrieden grinste. Fast schon ein bisschen *selbstgefällig*. Aber wieso auch nicht? Er legte den Kopf zurück und sah wieder zur fleckigen Decke hinauf, deren Anblick er nicht mehr lange ertragen musste.

Es lief alles wie am Schnürchen.

Jetzt musste er nur noch einen kleinen Einbruch planen.

KAPITEL 10

Sonntag, 11. April, 03:41 Uhr, Schwimmhalle, Camp Painmore

Grays Kleider sogen sich voll Wasser, seine Arme und Beine schienen mit Bleigewichten beschwert zu sein. Der schwere Rucksack zog ihn unerbittlich in die Tiefe. Der Druck in seinen Ohren übersprang die Stufe, in der er nur unangenehm war. Jeden Moment mussten seine Trommelfelle platzen! Gleichzeitig schrie seine Lunge nach Luft.

Fahrig tastete er nach der Schnalle vor seiner Brust. Warum hatte er die Gurte überhaupt geschlossen? Er drückte und zerrte, aber er ließ sich einfach nicht öffnen.

Der dumpfe Aufschlag auf dem Beckengrund trieb weitere Luft aus seiner Lunge. In einer dicken Traube stiegen die Blasen zur Oberfläche hinauf.

Gray zappelte mit den Beinen wie ein auf dem

Rücken liegender Maikäfer. Der Drang zu atmen nahm mit jeder Sekunde zu. Sein Körper schien ein einziger Krampf zu sein, seine Muskeln protestierten, vor allem die in seinem Brustkorb wollten sich über seinen Befehl hinwegsetzen, verdammt noch mal *nicht* nach Luft zu schnappen. Denn dann würde er Wasser schlucken. Das würde zu einem weiteren hektischen Atemzug führen. Und dann ...

Er musste diese Gedanken ignorieren! Beiseitedrängen, dass er sterben würde, wenn er sich nicht zusammenriss.

Mit aller Gewalt zwang er sich zur Ruhe. Vereinzelte Bläschen perlten aus seiner Nase und liefen ihm über das Gesicht, bevor sie sich lösten und nach oben strebten.

Er griff erneut nach der Schnalle. Seine Arme, Hände und Finger schienen inzwischen mit Blei *gefüllt* zu sein. Wieso funktionierte das verdammte Ding nicht?

Endlich sprang es auf, als er seitlich drückte und nicht von vorn wie zuvor. Er tastete hastig nach dem Bauchgurt und löste ihn auf die gleiche Weise.

Wäre er am Beckenrand gestanden, hätte er den Rucksack einfach abstreifen können wie Phil vor gerade einmal einer Minute. So aber drückten Millionen Tonnen von Wasser auf das klobige Teil. Er wand sich hin und her, aber sosehr er sich auch verbog, er bekam weder links den Arm aus dem Träger noch rechts.

Seine Lunge entließ die letzten Reserven an Sauerstoff. Winzige Bläschen tanzten vor seinem Gesicht nach oben fort. Die glitzernden Punkte verbanden sich mit den Lichtreflexionen der Deckenbeleuchtung weit über ihm zu einem ähnlich beeindruckenden Anblick wie dem der Milchstraße im Wald. Nur schien Gray nicht mehr zu ihr aufzublicken, sondern auf sie hinabzuschauen! Als läge er nicht mehr im Becken. Er schwebte nicht einmal inmitten der Sterne. Er entfernte sich von ihnen! Flog in einer wahnsinnigen Geschwindigkeit davon. Seine Arme und Beine wurden leicht, der Krampf in seinem Brustkorb wich einem befreienden Gefühl. Daran konnten auch die zwei dunklen Umrisse nichts ändern, die in der Milchstraße auftauchten wie schwarze Löcher.

Sie näherten sich ihm mit kräftigen Bewegungen. Der schlankere Schemen setzte sich vom massigeren ab und nahm menschliche Formen an. Réka. Und leicht dahinter Cooper.

Gray lächelte. Réka. Die Arme schaute so verkniffen. Dabei war doch alles gut. Sie musste nur den Mund öffnen, damit das ganze Weltall in sie strömen und sie ausfüllen konnte. Am besten machte er es ihr vor. Er dachte an das Stück Pazifik in ihrem linken Auge. Dann atmete er ein.

Dunkelheit umfing ihn.

Ein heftiger Schmerz. Grays Lunge krampfte sich zusammen. Gleich implodierte sie! Gray hustete einen Schwall Wasser und Schleim aus. In hohem Bogen schoss er aus seinem Mund und klatschte ihm zurück ins Gesicht.

Gray rollte sich zur Seite, hustete erneut und spie weiteres Wasser. Verschwommen nahm er wahr, dass er auf den Fliesen am Beckenrand lag. Er kramte in seinem Gedächtnis, fand aber keine Erinnerung daran, wie er hierhergekommen war. Er krümmte sich und schaffte es trotz des Wirbels in seinem Kopf, sich hinzuknien.

Eine Hand legte sich auf seinen Rücken. »Ruhig atmen.« Sorge war Cooper nicht anzuhören. Er klang beinahe zu gefasst. Was aber wahrscheinlich besser war, als der Panik zu verfallen, die in Gray aufstieg.

Er wäre beinahe ertrunken! Dieser letzte Atemzug … und dann … nur noch Dunkelheit.

»Ein, aus«, sagte Cooper. »Gut so. Und noch einmal.«

Grays Bewusstsein klammerte sich an Coopers Stimme, bis das verrückte Karussell in seinem Kopf Feierabend machte. Oder zumindest eine Pause einlegte. Er nickte, blieb aber in der Hundehaltung kauern. Besser, als aufzustehen und erneut umzukippen.

Von der Seite erklang das sich entfernende Patschen von Schritten. Ein Paar nackter Füße lief davon. In tropfender Hose und obenrum nur mit Top bekleidet huschte Réka durch die Tür zu den Umkleiden. Unter dem Arm trug sie den Pullover, die Schuhe und die Socken, die sie rasch ausgezogen haben musste. Trotzdem war sie schneller bei Gray gewesen als Cooper, der in voller Montur ins Becken gehechtet war. Aus seinen fest geschnürten Stiefeln lief das Wasser, als er aufstand und Gray wesentlich sanfter auf die Beine half als beim letzten Mal.

Einen halben Meter neben Gray schwappten kleine Wellen an den Beckenrand. In der Tiefe lag sein Rucksack wie ein gesunkenes Schiff.

Isaacs Gesicht schob sich in sein Sichtfeld. Sein bester Freund öffnete den Mund, schloss ihn wieder, schüttelte den Kopf und umarmte Gray kurzerhand. Er klopfte ihm auf den Rücken, dass es feucht patschte. Gray lachte, ließ es aber gleich wieder bleiben. Sein Hals fühlte sich wund und rau vom Würgen und Husten an. »Du wirst ganz nass«, flüsterte er.

»Wenn das deine einzige Sorge ist, Alter!«, gab Isaac viel zu nahe an Grays Ohr von sich.

Cooper klang nicht minder laut. »Phil Dunmore!«, donnerte er, obwohl er sich so dicht vor den West Highler geschoben hatte, dass kein Blatt mehr zwischen die beiden gepasst hätte. »Wir suchen ein Team, keine Idioten, die ihre Gefühle nicht unter Kontrolle haben. Du warst sauer auf mich, in Ordnung. Juckt mich kein bisschen. Aber du hast einen deiner möglichen Partner in Gefahr gebracht. In einem echten Einsatz wäre das ein unverzeihlicher Fehler und würde den sofortigen Ausschluss nach sich ziehen. Herrje, bei meinem alten Arbeitgeber könnte dich so ein Verhalten vors Militärgericht bringen!«

In Phil arbeitete es sichtlich. Seine Fäuste waren geballt, gleichzeitig blinzelte er auffallend oft. »Tut mir leid«, brachte er zwischen zusammengepressten Lippen hervor, blickte aber stur an Cooper vorbei.

Der ehemalige Soldat verzichtete darauf, das *Sir* einzufordern. Er musterte Phil geschlagene fünf Sekunden lang, dann nickte er. »Einzig richtige Antwort. Melden muss ich den Vorfall so oder so, aber wenn Grayson die Entschuldigung annimmt, lässt der Major die Sache vielleicht auf sich beruhen. Noch so ein Ding, und du bist draußen.« Er wandte sich um. »Also, Grayson, was meinst du?«

Alle Blicke hefteten sich auf Gray.

Er sollte die Sache entscheiden? Er wusste ja noch nicht einmal, wo ihm der Kopf stand! Allerdings meldete sich in dem Wirrwarr die Stimme seines Dads: *Jeder hat eine zweite Chance verdient.* Phil hatte sich schon in Seattle wie ein Trottel aufgeführt. Eigentlich hatte er seine zweite Chance damit gerade verspielt. Aber sie waren nicht mehr die Jugendlichen, die einen lockeren Wettstreit zwischen den Schulen ausfochten, oder? Ein Teil der Jungen und Mädchen würde ein Team bilden, das auf Verbrecherjagd ging. Oder zumindest *potenzielle* Verbrecher festnahm. Obwohl sie Konkurrenten waren, sollten sie also vielleicht schon einmal damit anfangen, sich wie ein Team zu verhalten.

Gray nickte.

»Die Sache ist erledigt und vergessen? Du trägst ihm nichts nach?«, hakte Cooper nach. Wieder nickte Gray.

Ein Grinsen schob Coopers Babywangen nach oben. »Wunderbar. Dann zeige ich euch jetzt das wirklich interessante Zeug. Schon mal in einem Kampfhubschrauber gesessen, Leute?«

KAPITEL 11

Sonntag, 11. April, 09:17 Uhr, Unterkünfte, Camp Painmore

Der Blick aus Grays Zimmer, das er sich mit Isaac teilte, ging über eine Wiese auf den Parkplatz mit den Einsatzfahrzeugen. Der Landeplatz für die drei Hubschrauber des Camps und ein zweimotoriges Flugzeug, zu denen Cooper sie vor wenigen Stunden als Höhepunkt seiner kleinen Tour geführt hatte, lagen dahinter. Gray hatte vorher nicht einmal Zeit gehabt, sich abzutrocknen, und konnte froh sein, wenn er sich keine Erkältung eingefangen hatte. Jetzt krochen Nebelschwaden zwischen den Maschinen über den Boden. Insgesamt klarte der Himmel jedoch auf und machte Hoffnung auf einen Frühlingstag wie aus dem Bilderbuch.

Gray wandte sich ab und zog sich seinen übergroßen grauen Pullover mit dem Emblem der Schule an, eine aus dem Wasser springende und mit einem Auge zwinkernde Forelle in einem Wappen mit dem Gründungsjahr der Seaside. Immerhin hatte er nach nur drei Stunden Schlaf, einer morgendlichen Joggingrunde und einem überraschend guten Frühstück in der Kantine tatsächlich warm duschen können, während der letzte Schwung seiner Klamotten in der Wäschekammer des Camps im Trockner steckte. Andere Gepäckstücke waren noch immer nass, aber Grays größte Sorge hatte seinem Smartphone gegolten. Ausnahmsweise hielt das Versprechen des Herstellers, und das Teil war wirklich wasserdicht.

Isaac trat mit einem um die Hüften gewickelten Handtuch ein. Seine Haut dampfte. Der Geruch seines Waschgels flutete den kleinen Raum. »Alter, war das gut.« Er steuerte seinen auf einem Stuhl stehenden Rucksack an, kramte darin nach einer Jeans und holte den gleichen Pullover wie Gray heraus. Schnell zog er sich an. »Kann losgehen.«

Gemeinsam verließen sie das Zimmer. Auf dem Flur herrschte bereits reges Treiben. Die Witze und das großspurige Auftreten einiger Jungen konnten nicht über die Anspannung hinwegtäuschen, die von allen Besitz ergriff, je näher der Augenblick rückte, an dem sie abmarschbereit vor dem Gebäude sein sollten. Auf die Fragen am frühen Morgen, was sie heute noch erwartete, hatte Cooper nur breit grinsend den

Kopf geschüttelt. Die Geschenke würden auch erst am Weihnachtsmorgen ausgepackt, hatte er gemeint, kein bisschen früher.

Isaac unterbrach Grays Überlegungen mit einem leichten Ellbogenstoß in die Seite. »Da haben sich aber drei gefunden.« Er nickte zu Ben hinüber, der mit Phil und Chris den Vorraum ansteuerte. Die drei unterhielten sich angeregt. Der Rest des Trupps schloss sich ihnen ganz selbstverständlich an. Die Mädchen warteten schon, machten aber Platz, als das neue Dreamteam anrauschte und die Tür aufstieß.

Draußen zogen letzte Nebelfetzen über den Asphalt und ergänzten die vorherrschende Farbe der Einrichtung um einen weiteren Grauton. Der Straßenbelag, die Gebäude, die Pfosten, auf denen Strahler und Lautsprecher saßen. Als hätte man in einem Bildbearbeitungsprogramm auf Schwarz-Weiß gedrückt.

Von rechts näherten sich Schritte. Etwa zehn Männer joggten an ihnen vorbei. Sie musterten die Jugendlichen, vereinzelt wurde gelacht, die meisten konzentrierten sich aber auf ihren Atem- und Laufrhythmus.

Ein anderes Geräusch überlagerte ihre Schritte. Bevor Gray es genauer orten konnte, schoss schon ein Lastwagen um die Ecke und hielt auf sie zu. Mit quietschenden Reifen kam er wenige Meter vor ihnen zum Stehen. Cooper grinste sie durch die Windschutzscheibe an, stützte den Arm locker ins offene

Fahrerfenster und deutete nach hinten. »Aufsatteln, Leute.«

Ben bewegte sich. Natürlich. Als hätte Cooper ihm durch den gestrigen Befehl während der Führung grundsätzlich eine Sonderposition zugeteilt. Gray war dann wohl der Typ, der es nicht aus eigener Kraft ins Camp geschafft hatte und kurz darauf beinahe abgesoffen war.

Es wurde Zeit, dieses Bild zu ändern.

»Ihr habt Mr Cooper gehört!« Gray zog den überraschten Isaac mit sich und war noch vor Big Ben an der Rückseite des Lastwagens. Dort führte eine Metallstufe auf die offene Ladefläche. Gray stieg nach oben und ging bis zur Fahrerkabine vor. Isaac tat es ihm nach und setzte sich auf die gegenüberliegende Längsbank. Statt Ben erklommen kurz darauf Réka und zwei andere Mädchen den Laster und rückten auf.

Gray schluckte. Und nun? Auf dem Spielplatz hatte der Gedanke einleuchtend geklungen: Wenn er mit Réka in diesem Team war, würde sich wie von selbst ein Gespräch ergeben. Ganz so einfach funktionierte es wohl doch nicht. Alles, was Gray einfiel, hörte sich plump und dämlich an.

Außerdem waren sie noch gar nicht in diesem Team.

Endlich fuhr Cooper an. Die Unterkünfte blieben hinter ihnen zurück. Cooper lenkte den Laster auf eine Schotterpiste. Nach einigen Minuten holpriger Fahrt kamen sie an weiteren mehrstöckigen Häusern vorbei. Der Putz bröckelte in großen Stücken von den Wänden und sammelte sich auf den mit Unkraut überwucherten Wegen zwischen den Gebäuden. Blinde Fenster schauten dem Lastwagen und den Jugendlichen nach.

In das tiefe Brummen des Motors mischten sich erneut andere Geräusche. Einzelnes, trockenes Knallen.

»Sind das …?«, wollte eins der Mädchen neben Réka fragen, aber Cooper bremste schon hart und schlug von vorn gegen das Blech der Fahrerkabine. »Absteigen, Leute.«

Isaac folgte den beiden Mädchen, dann waren Gray und Réka an der Reihe. Gray bedeutete ihr mit einer Geste, vorauszugehen.

»Danke, sehr höflich.« Sie lächelte, bewegte sich aber nicht.

Wollte sie noch etwas sagen? Sie setzte ein paar Mal an, dann schüttelte sie lachend den Kopf, lief nach hinten und kletterte zu den anderen und Cooper hinaus.

Und zu Major Bishop, der hier auf sie gewartet haben musste.

Wie in der Nacht zog er allein durch seine Gegenwart die Aufmerksamkeit auf sich. Er bedachte jeden Jugendlichen mit einem Blick. Gray und Phil sah er länger an. Oder kam Gray das nur so vor?

Der Major beendete seine Musterung und führte die Gruppe um den Laster herum. Sofort fühlte Gray sich an den Paintball-Park erinnert, in dem sie gegen die West High angetreten waren.

Zwei Container standen im rechten Winkel zueinander, die Fläche davor war mit einem Tarnnetz überdacht. Unter dem Netz befanden sich mehrere Tische und eine wilde Ansammlung von Sitzgelegenheiten. Campingstühle, ein Barhocker, die ausgebaute Doppelsitzbank eines Transporters, mehrere Sessel und sogar ein komplettes Sofa. Der braune Bezug war an etlichen Stellen aufgerissen, das Innenleben quoll heraus.

Rund 15 Meter vor diesem Bereich lagen etliche Männer nebeneinander bäuchlings auf dem blanken Erdboden. Aus dieser Position heraus gaben sie Schüsse auf Zielscheiben in einiger Entfernung ab. Wieder knallte es trocken.

Isaac knuffte Gray in die Seite und nickte zu Ben, Phil und Chris rüber. Die drei starrten die Schützen mit unverhohlener Neugier an. Dass es sich bei ihnen im Gegensatz zu dem Major und Cooper um Soldaten im aktiven Dienst handelte, war unschwer zu erraten. Marines? Navy SEALs? Eine andere Spezialeinheit?

Der Major forderte mit einem Räuspern die Aufmerksamkeit der Anwesenden ein. Er deutete auf einen etwas abseits stehenden Tisch, auf dem seltsame Pistolen lagen. Die Läufe waren zu dick für gewöhnliche Waffen. Insgesamt wirkten sie klobiger.

»Taser«, erklärte Bishop. »Im normalen Sprachgebrauch auch Elektroschocker genannt. Nicht tödliche Waffen, die eurer Sicherheit im Einsatz dienen sollen. Es fließen jedoch nicht zu unterschätzende Stromladungen durch den Getroffenen. Jemand kann unglücklich stürzen und sich dabei ernsthaft verletzen. Entsprechend dürft ihr sie nur bei Gefahr für Leib und Leben einsetzen. Mit anderen Worten: Ihr zieht die Dinger nur im äußersten Notfall! Haben wir uns da verstanden?«

Trotz der deutlichen Worte verflog die Anspannung, die sich beim Anblick der Marines oder SEALs noch einmal gesteigert hatte. Die Soldaten gaben die letzten Schüsse ab, versammelten sich in einem Kreis unter dem Tarnnetz und wechselten die Waffen. Gray glaubte, das Wort *Gummigeschosse* zu hören.

Offenbar mussten die Soldaten nun den Parcours absolvieren, der sich fast bis zum Tisch mit den Tasern erstreckte. Etliche Hindernisse boten den Teilnehmenden Schutz. Gleichzeitig behinderten sie die Sicht auf die im Parcours verteilten Pappkameraden. Die meisten stellten unbescholtene Bürger dar. Gray sah von seiner Position aus einen Rentner mit einem Gehstock und eine Frau mit einer Einkaufstasche. Sogar eine kleine Familie gab es, allerdings hatte sich ein Verbrecher mit einer über das Gesicht gezogenen Sturmmaske unter sie gemischt.

Die Soldaten mussten in Sekundenbruchteilen entscheiden, ob sie eine Gefahr vor sich hatten oder nicht. Wenn sie schießen mussten und sich dabei in die Quere kamen, konnte das mit echten Patronen übel enden. Aber selbst die Übungsmunition hatte es offenbar in sich: Die Männer legten Schutzwesten an, wahrscheinlich, um etwaige blaue Flecken und Prellungen zu vermeiden.

»… testen?«, riss Chris Gray aus seiner Beobachtung. Fragte die hohle Bohnenstange allen Ernstes, ob sie die Taser ausprobieren konnten? Aneinander? Bishop sah Chris ebenfalls an, als zweifele er an dessen Verstand.

»Äh«, machte Chris und sah sich Hilfe suchend um.

Phil sprang ihm zur Seite: »Es gibt Videos auf YouTube, in denen Cops sich bei Lehrgängen selbst schachmatt setzen. Ist wohl Voraussetzung, damit sie den Taser überhaupt tragen dürfen. Sie sollen wissen, wie es sich anfühlt.«

»Bist du ein Cop, Phil?«, fragte Bishop. »Oder bist du ein Soldat, Chris? Nein, das seid ihr nicht. Ihr seid 15 Jahre alt. Ein paar eurer Mitbewerber sind sogar erst 14! Allein dadurch, dass wir euch die Dinger aushändigen, bewegen wir uns schon in einer Grauzone. Ihr werdet euch also ganz sicher nicht gegenseitig tasern, um ein weiteres bescheuertes Video ins Netz stellen zu können. Dort hinten sind mehrere Dummies, an denen ihr den Umgang lernen werdet. Und danach gibt es eine dringend nötige Einführung in den rechtlichen Rahmen, in dem ihr euch als Fugitive Recovery Agents bewegen werdet.« Er lief los und verzichtete auf den Befehl, ihm zu folgen.

Isaac beugte sich zu Gray herüber. »Alter, ich hab mir gerade fast selbst in die Hosen gemacht«, kicherte er. »Dabei habe ich gar nichts getan. Die drei hat er aber auflaufen lassen, was?«

Offenbar nicht genug. Weder Phil noch Chris bewegten sich. Sie warteten, bis sie ihre Taser erhalten hatten, verständigten sich flüsternd mit Ben und schlenderten dann in Richtung der Container davon. Dort lagen die Gewehre, mit denen die Männer auf die Zielscheiben geschossen hatten, sauber aufgereiht nebeneinander.

Die Trottel wollten sich die Teile aus der Nähe ansehen! Eigentlich nicht Grays Problem. Allerdings schlichen sie verdammt nahe am Parcours vorbei.

»Ben«, rief Gray warnend.

Die drei Idioten liefen weiter. Sie erreichten die Bretterwand, hinter der die Familie mit dem Verbrecher stand.

»Ben!«, wiederholte Gray lauter, aber auch die Soldaten riefen sich Kommandos zu, während sie Abschnitt für Abschnitt sicherten. Sie kamen immer näher. Jemand musste die Übung stoppen!

Gray wirbelte herum. »Major!«

Bishop verschwand um ein Häusereck. Cooper

drehte sich zwar über die Schulter, winkte aber nur kurz: »Komm schon, Kumpel.« Dann war auch er weg.

Gray wandte seine Aufmerksamkeit wieder dem Parcours zu. Der Mann an der Spitze hob zwei Finger und deutete auf einen Durchgang. Zwei Männer trennten sich vom Team. Sie mussten nur noch ein zerbeultes Auto ohne Reifen umrunden, und schon würden sie direkt vor Phil auftauchen.

Wenn sie nicht schnell genug schalteten, dass er *kein* Pappkamerad war …

Sie verwendeten nur Gummigeschosse, sicher. Aber Phil trug keine Schutzweste. Ein unglücklicher Treffer aus kurzer Distanz konnte mehr als nur eine schmerzhafte Prellung verursachen.

Warum hielt der Idiot seinen Taser auch deutlich sichtbar wie eine Waffe in der Hand? Mehr konnte man sich doch gar nicht zur Zielscheibe machen!

Innerhalb von Sekundenbruchteilen ging Gray seine Möglichkeiten durch.

Aber klar doch! Der Taser!

Gray schnappte sich seinen vom Tisch und rannte los. Wenn er sich nicht täuschte, trieb in den Dingern eine Druckluftpatrone zwei Elektroden in Form von Nadeln nach vorn. Aber wie weit schoss so ein Teil? Die zehn Meter, die er noch von Phil entfernt war, sicher nicht. Er schätzte Phils nächste Schritte ab und korrigierte seinen Kurs. Noch vier Sekunden, dann würden die Männer bei ihm sein.

Drei.

Zwei.

Gray drückte ab.

Die Elektroden schossen heraus. Die Kabel, über die sie mit dem Taser verbunden blieben, rollten sich ab. Die Pfeile trafen Phil seitlich in die Brust. Der Taser knatterte, Phil bäumte sich auf, dann fiel er zuckend nach vorn.

Im selben Moment trat der erste Mann um das zerbeulte Auto. Er schwenkte das an die Schulter angelegte Gewehr – und senkte den Lauf sofort nach unten.

»Abbrechen, Marines!«, brüllte er. »Zivilisten auf der Anlage!« Er wandte sich an Ben und Chris: »Sagt mal, habt ihr sie noch alle? Das hätte ins Auge gehen können!«

»Genau deshalb habe ich …«, setzte Gray an. Weiter kam er nicht. Eine Hand legte sich von hinten auf seine Schulter und riss ihn so grob herum, dass er fast zu Phil in den Staub gefallen wäre. In einer fließenden Bewegung entwand Cooper ihm den Taser und sah ihn fassungslos an.

»Und du wolltest mir ernsthaft erzählen, dass du ihm nichts nachträgst?«

Gray brauchte einen Moment. Dann klappte ihm der Mund auf. Cooper meinte doch nicht etwa, dass er Phil den Stoß aus dem Schwimmbad heimgezahlt hatte? Er schüttelte den Kopf. »Ich hab doch nur…«

Cooper schnitt ihm den Satz mit einer scharfen Geste ab. »Du steckst in ernsthaften Schwierigkeiten, Kumpel.«

KAPITEL 12

Montag, 12. April, 07:46 Uhr, 117 East Bellgate Street, Capitol Hill, Seattle

Die Kautionsagentur *Steel & Partner* lag im unteren Stockwerk eines Einkaufszentrums, das auch Büroflächen mit eigenen Eingängen zur Straße vermietete. Maxwell Steel parkte direkt davor und betrat das Büro mit einem Becher Kaffee in der Hand, den er von zu Hause mitgenommen hatte.

»Hi, Boss«, grüßte Jack von seinem Schreibtisch aus. Eigentlich hieß er Jackson, aber die Abkürzung gefiel dem ehemaligen Mitglied einer Spezialeinheit der Polizei in San Antonio, Texas, besser. Sie ähnelte dem *Check!,* das Männer wie er vor und während eines Einsatzes ständig von sich gaben. Wie jeden Morgen war er der Erste im Büro, und wie immer wurde er von seinem Hund begleitet, einem Jack Russell Terrier mit dem wahnsinnig originellen Namen Jack Russell.

Steel klopfte dem Mann mit der zerknautschten Nase eines Preisboxers auf die Schulter und ließ den Hund kurz an seiner Hand schnuppern. »Was Neues reingekommen?«

Jack beugte sich vor und fischte drei Seiten aus dem Ausgabefach des Druckers. »Noch ganz frisch.«

Steel nahm die Blätter an sich und überflog sie auf dem Weg zu seinem Büro.

In seiner Jackentasche begann sein Handy zu summen. Er klemmte sich die Papiere unter den Arm und holte es mit der freien Hand heraus.

»Steel«, meldete er sich.

»Was hast du mir da eingebrockt, Max?«

Steel lachte so laut, dass Jack Russell bellend protestierte. Der Vorwurf seines alten Freunds Scott Bishop war nicht zu überhören. Steel lehnte die Tür hinter sich an und marschierte auf seinen Schreibtisch zu. »Es handelt sich um keinen Gefallen deinerseits, Scott«, erinnerte er seinen früheren Vorgesetzten. »Ich bezahle dich wie jeder andere, der seine Leute in dein Camp schickt.«

»Du solltest dein Geld besser anlegen.«

»Irgendwelche Tipps?«

»Hab gehört, dass da so ein neues Ding auf dem Markt ist. Nennt sich *Computer*. Ich glaube nicht, dass das mehr als eine vorübergehende Modeerscheinung sein wird, aber die Jugend scheint ganz verrückt danach zu sein.«

Steel lachte erneut. Scott und er, zwei alte Haudegen vom gleichen Schlag. Sie erledigten Dinge lieber mit den Händen als vor dem Bildschirm. Oder ließen sie mittlerweile erledigen. Allerdings zeigte Scotts Schweigen, dass das Vorgeplänkel beendet war. Der ehemalige Major wollte zum Grund seines Anrufs kommen: »Ernsthaft, Max. Ich erkläre dein Vorhaben nicht für gescheitert. Aber hast du eine Ahnung, auf was du dich da einlässt?«

»Ich werde schon auf die Jungs und Mädchen achtgeben.«

Diesmal lachte Scott. »Das weiß ich, Max. Aber das meine ich nicht. Es sind Kinder! Und genau so verhalten sie sich!«

Rein formell betrachtet hatte Scott recht. Aber Eric und er hatten nicht irgendwelche Kids vom Spielplatz aufgesammelt. Sie hatten sich lange umgesehen. Und gerade, was die Kandidaten aus der Seaside betraf, vertraute er der Einschätzung seines Sohns voll und ganz. Er stellte seinen Kaffee ab, setzte sich, lehnte sich zurück und legte die Füße auf den Schreibtisch neben die Blätter der neuen Kautionsflüchtigen. »Gib ihnen Zeit, sich zu entwickeln. Sie haben noch ein paar Tage. Nimm sie nicht so hart ran.«

Er konnte förmlich *hören*, wie Scott die buschigen Augenbrauen hob. »In Camp Painmore machen wir Männer und Frauen fit für die Aufgabe, die vor ihnen liegt. Das leisten wir auch bei deinen Agents. Und wenn es sein muss, unabhängig von deren Alter. Ob du es mir glaubst oder nicht, mir ist es wichtig, dass sie da draußen gute Arbeit leisten und heil nach Hause kommen. Ich werde sie also nicht mit Samthandschuhen anfassen.«

»Das sollst du auch nicht.« Steel gelang es, seinen ruhigen Ton beizubehalten, während er sich mit der Hand über die Augen fuhr. »Du sagst doch selbst, dass sie noch Kinder sind. Aber es steckt Potenzial in ihnen. Grayson Parker zum Beispiel …«

»… hat gestern Phil Dunmore mit einem Taser ausgeknockt.«

Steel schnellte nach vorn. Seine Füße fegten die Papiere von der Schreibtischplatte. »Du hast doch kein Tasertraining mit ihnen veranstaltet?«

»Natürlich nicht. Der Junge hat ihn trotzdem eingesetzt. Es gab vorher Streitigkeiten zwischen den beiden.«

Und Grayson hatte sie *so* beendet? Das klang gar nicht nach dem überlegt handelnden jungen Mann, den Eric beschrieben und den Steel selbst kennengelernt hatte.

Er bückte sich und klaubte die heruntergefallenen Blätter zusammen. »Ich verstehe, dass du aufgebracht bist. Aber das ändert nichts am Plan für Mittwoch. Danach sehen wir weiter. Und bis dahin gönn ihnen ein wenig Spaß. Lass das Training wie ein Spiel aussehen. Das wird ihnen gefallen. Und dir gibt es die Möglichkeit, sie zu beobachten, ohne dass sie sich beobachtet fühlen. Was hältst du davon? Und danke für den Tipp mit den Computern. Ich mache mich schlau.« Mit der Rückkehr zum Small Talk signalisierte er, dass das Gespräch vorbei war. Auch wenn Scott sein Vorgesetzter gewesen war, waren die Rollen jetzt vertauscht. *Er* war der Auftraggeber. Er bezahlte dafür, dass Scott seinen Job machte. Und das würde er. Weil er der Beste war. Und nur mit denen wollte Steel zusammenarbeiten. Auch bei den Jugendlichen.

Er ließ das Gespräch sacken, machte sich eine innere Notiz zu Grayson Parker und nahm sich dann die Blätter vor, die Jack ausgedruckt hatte.

Das erste Bild zeigte eine alte Bekannte. Wie oft hatten seine Leute sie schon eingefangen? Wieso die Richter sie immer wieder mit geringen Strafen davonkommen ließen, war ihm ein Rätsel. Steel beugte sich vor, riss ein gelbes Post-it vom Stapel und kritzelte die Adresse ihrer Schwester darauf. Dort würden sie anfangen.

Der zweite Flüchtige spielte in einer anderen Liga. Mehrfache schwere Körperverletzung, für die er gesessen hatte. Verbindung zu Kartellen. Jemanden, den man anrief, wenn es zur Sache gehen sollte. Im einen Moment ein angenehmer Zeitgenosse, dem man seine

Liste an Vergehen nicht ansah, im nächsten kaltblütig und gewaltbereit. Wenn ein Kerl wie er plötzlich untertauchte, hieß das nichts Gutes. Irgendwas war da im Anmarsch. Eric und Jack würden sich in den einschlägigen Kreisen umhören müssen. Es gab ausreichend Leute, die sich mit Kautionsagenten gutstellen wollten, weil sie früher oder später einmal deren Hilfe brauchen würden. Oder mit Kopfgeldjägern, die ihnen irgendwann auch einmal auf den Fersen sein konnten.

Das letzte Blatt beinhaltete keinen offiziellen Haftbefehl. Das Bild zeigte einen jungen Mann, der letzte Woche aus der Strafanstalt heraus um Bereitstellung einer Kaution gebeten hatte. Nichts Weltbewegendes. Steel war unter einigen Bedingungen darauf eingegangen.

In einer Zeile hatte Jack vermerkt, dass der Junge sich krankgemeldet hatte.

Richtig, er hätte längst auftauchen sollen! Dass er aus gesundheitlichen Gründen verhindert war, konnte stimmen. Es konnte aber auch eine Ausrede sein. Die Erfahrung hatte Maxwell Steel gezeigt, dass allzu oft das Zweite zutraf.

Steel rutschte mit dem Finger in die Spalte des Arbeitgebers. *Landolf's Import.* Mal sehen, was er dort über den Kerl erfuhr. Er griff zum Telefon. Während er auf ein Freizeichen wartete, betrachtete er das Bild erneut. War dieser Asher Franklin nicht ein perfekter

Kandidat für Team Ghost? Zusätzlich zu dem, den Steel eigentlich für diesen Job vorgesehen hatte? Auch Franklin war nur wenige Jahre älter als die Jugendlichen und hatte sich nichts Außergewöhnliches zuschulden kommen lassen. Kurz: Es war bei beiden mit keinerlei Ärger zu rechnen.

KAPITEL 13

Montag, 12. April, 15:03 Uhr, Fahrzeugstellplatz, Camp Painmore

»Du wirst keinen Ärger mehr machen?«

Gray nickte. Es brachte nichts, Cooper zum tausendsten Mal erklären zu wollen, aus welchem Grund er auf Phil geschossen hatte. Oder ihn *voll cool außer Gefecht gesetzt* hatte. So hatte Isaac es nach Coopers Donnerwetter mit breitem Grinsen genannt. Bishop hatte der Standpauke zuvor nur schweigend beigewohnt, was irgendwie noch bedrohlicher gewirkt hatte als Coopers lebhafte Ausführungen darüber, was Gray mit Phils Gesundheit hätte anrichten können.

Nicht so viel wie ein Gummigeschoss in den Solarplexus, hatte Gray sich immer wieder gesagt. *Oder seitlich in eine Niere.* Wahrscheinlich hatte er deshalb nicht so einsichtig gewirkt, wie Cooper sich das erhofft hatte.

Um Cooper machte Gray sich keine Sorgen. Er würde sich wieder einkriegen. Beim Major war er sich nicht so sicher. Beäugte er Gray nicht ständig wie einen Fremdkörper? Als hätte er was im Auge und wollte es loswerden. Dummerweise fragte Gray sich langsam selbst, was er hier trieb. Seit er aus dem senffarbenen Albtraum eines Autos gestiegen war, lief alles schief, was er anpackte. Wenn er überhaupt noch eine Chance haben wollte, sollte er sich eine Weile im Hintergrund halten, bis der Rauch sich verzogen hatte.

Die Frage war, was heute auf sie zukam.

Den Sport hatten sie am Morgen hinter sich gebracht. Ein eigens angereister Officer des Seattle Police Departments hatte ihnen einige Nahkampftechniken gezeigt. Grays Handgelenke schmerzten immer noch von den Griffen, die er mit erstaunlicher Geschwindigkeit an ihm vorgeführt hatte. Dass Gray durchgehend die Rolle des Angreifers hatte spielen müssen, der überwältigt wurde, hatte er sicher auch seinen angeblichen *Rachegelüsten* zu verdanken. Er selbst hatte sich nicht an den Techniken versuchen dürfen.

Cooper wies grob in Richtung der gepanzerten Einsatzfahrzeuge. »Wer von euch hat bereits seine ersten Fahrstunden absolviert?«

Etliche Hände gingen nach oben. Auch Gray meldete sich. Sein Dad hatte ihn auf das Übungsgelände der Stadt begleitet. Von Isaac wusste Gray, dass dessen

Mom ihm das Wichtigste beigebracht hatte. Ben und drei weitere Jugendliche, die bereits 16 oder älter sein mussten, reckten die Arme am höchsten. Wahrscheinlich hatten sie ihre Führerscheine schon. Gray sah sich um und erhaschte einen Blick auf Réka, die sich als eine der wenigen nicht rührte.

»Dann werden wir nach dem bisherigen Stress jetzt etwas Spaß haben.« Cooper schien plötzlich wieder ganz der nette Typ zu sein, mit dem Gray nach dem holprigen Kennenlernen beinahe so etwas wie Freundschaft zu spüren geglaubt hatte.

»Wir dürfen mit den Humvees fahren?« Isaacs Stimme brach vor Aufregung.

Er war nicht der Einzige, dem die Aussicht gefiel. Allgemeines Murmeln setzte ein. Auch Coopers Grinsen wurde stetig breiter – bis der ehemalige Soldat sich vor Lachen krümmte. Er schaute auf, sah wahrscheinlich rundweg in verwirrte Gesichter und prustete erneut los. Statt die Situation aufzuklären, bog er um die Ecke der Garagen.

Gray und die anderen folgten ihm.

»Ihr fahrt mit denen hier.« Cooper wies auf eine Handvoll Fahrzeuge, die mit ihren dicken Reifen und dem nur aus Stahlrohren bestehenden Aufbau an Strandbuggys erinnerten. »*Fast Attack* oder *Desert Patrol Vehicles*, auch Scorpions genannt. Enorm geländegängig. Normalerweise bringt die zweihundert

PS starke Maschine sie auf rund 130 Stundenkilometer, aber unsere Mechaniker haben sie für heute etwas gedrosselt. Die Dinger sind dafür gemacht, tief in feindlichem Gebiet zu operieren. Also nichts, das ihr als Bounty Hunter machen werdet. Trotzdem meinte der Major, es könnte lustig werden.« Er klopfte auf einen der schwarz lackierten Bügel. »Die normale Besatzung besteht aus drei Mann. Wir kommen heute mit zwei aus. Ein Fahrer, ein Navigator.« Er fischte eine im Inneren liegende Karte heraus und hielt sie hoch. »Wir sind hier, das Ziel ist dort. Der Navigator sucht die Strecke aus.« Er tippte nacheinander auf drei markierte Stellen. »Diese Punkte sind zwingend in der vorgegebenen Reihenfolge zu passieren. Den Rest entscheidet ihr selbst.«

Er schien sich ins Gedächtnis zu rufen, wer sich auf seine Frage nach den Fahrstunden gemeldet hatte, und nahm die Aufteilung vor.

Gray hoffte auf Isaac als Partner, aber seinem Kumpel wurde ein Junge als Navigator zugeteilt, der Gray schon vor dem Tasertraining auf dem Flur aufgefallen war. Er war im Zimmer gegenüber untergebracht. Um die 15 wie Gray und Isaac, gedrungene Gestalt. Sein Kopf saß nicht auf dem Hals, sondern ging direkt aus ihm hervor wie bei einer Schildkröte. Den Eindruck konnten auch die wachen blauen Augen und das offene Lächeln nicht ganz wettmachen.

»Matthew Emeraldo«, stellte er sich vor. »Wir rocken das Ding, klar, Isaac?« Er tippte sich mit dem Zeigefinger gegen die Schläfe. »Isaac Whitman, Schüler der Seaside High. Hab's nur ein Mal gehört und mir sofort gemerkt. Kann nichts dagegen machen, das geht ganz automatisch. Mein Kopf ist so voll wie eine Serverfarm von Google. Und ich hab noch endlos Speicherplatz.«

Cooper fuhr derweil fort. »… bleiben noch Grayson und Réka.«

Gray schluckte. Das war fantastisch. Eigentlich. Aber eine lockere Unterhaltung war auch diesmal eher unwahrscheinlich. Er würde sich voll aufs Fahren konzentrieren müssen. Hoffentlich stellte er sich nicht allzu dämlich dabei an.

Cooper ließ ihm keine Zeit für weitere Überlegungen. Seine Hand sauste nach unten. Als hielte sie die Fahne bei einem Autorennen. »Ready, steady, go!«

Réka sauste zu einem der Fahrzeuge, Gray kletterte auf den Fahrersitz. Um ihn herum erwachten die Motoren röhrend zum Leben. Die ersten Scorpions schossen mit ihren Besatzungen an den Garagen vorbei auf die Straße zu. Auch Gray betätigte die Zündung. Réka nahm sich unterdessen die Karte vor. Und die beiden Schutzbrillen, die darunterlagen. Genau wie zwei Tücher, die sie sich wohl um den Hals binden sollten. Wozu auch immer. Gray wies auf die Brillen. »Die reichen!« Réka reichte ihm seine und nahm sich dann die Karte vor.

»Der erste Wegpunkt ist an der südlichen Seite der Schwimmhalle.«

Gray drückte aufs Gas. Der Motor heulte auf, Gray ließ die Kupplung kommen. Zu schnell. Der Scorpion machte einen Satz, Gray reagierte nicht rasch genug und würgte ihn ab. Verdammt! Er startete erneut. Diesmal gelang es ihm, loszurollen. Allerdings bewegten sie sich mit der wahnsinnigen Geschwindigkeit der Schildkrötenverwandtschaft von Isaacs neuem Partner! Vielleicht sollte Gray die Zurückhaltung, die er sich selbst auferlegt hatte, auf später verschieben? Die Maschine unter der Haube sagte ihm doch mit ihrem tiefen Brummeln, das sie zu mehr bereit war als dem, was er gerade von ihr verlangte.

Er drückte das Gaspedal durch und jagte die Drehzahl hoch, bis das Geräusch fast schmerzhaft war. Schaltete und wiederholte das Spiel. Er wurde in den Sitz gepresst und konnte das Grinsen nicht mehr unterdrücken. Réka schien es ähnlich zu gehen. Aus den Augenwinkeln nahm Gray wahr, wie sie ihn mit überraschter Miene …

»Pass auf!«

Gray riss das Lenkrad herum. Der Scorpion schlingerte, dann war er am Heck des Fahrzeugs vorbei, das sie direkt hinter den Garagen eingeholt hatten. Leider war es der einzige Wagen, zu dem sie aufgeschlossen hatten. Die anderen verschwanden bereits um die nächste Kurve. Lagen tatsächlich Isaac und dieser Emeraldo vorn? Oder Ben und der Kerl, den Cooper ihm als Kartenleser zur Seite gestellt hatte? Die West Highler Phil und Chris befanden sich irgendwo im Mittelfeld. Die Typen machten sich einen Spaß daraus, andere zu behindern, indem sie johlend Schlangenlinien fuhren!

»Da vorne.« Réka wies auf den vor der Schwimmhalle postierten Mitarbeiter Bishops. Er identifizierte die vorbeisausenden Scorpions anhand der auf die Seiten gemalten Ziffern und hakte sie auf einer Liste ab.

»Links kommen wir auf einen Weg, der zum Rand des Camps führt. Von dort geht es gut zwei Kilometer am Zaun entlang.«

Gray achtete auf die Strecke vor sich, setzte aber gleichzeitig aus dem, was er bisher gesehen hatte, und Rékas neuen Informationen ein Bild des Camps in seinem Kopf zusammen. »Okay, und weiter?«

»Danach rechts bis zum großen Platz. Von dort aus geschätzte drei Kilometer zum Ziel am gegenüberliegenden Ende des Camps.«

Die Schlaglöcher nahmen zu. Der Scorpion sprang übermütig über sie hinweg. Als freue er sich, seine starke Federung unter Beweis stellen zu dürfen. Gray gab weiter Gas, aber auch die anderen Fahrer reizten die Maschinen voll aus. Keine Chance, die Distanz zu verringern, solange keiner von ihnen einen Fehler machte. Und danach sah es nicht aus! Die meisten schossen bereits von der Löcherpiste auf unbefestigtes Gelände.

Eine Staubwolke erhob sich hinter den Maschinen. Deshalb also die Schutzbrillen! Und die Tücher, auf die Réka und Gray verzichtet hatten! Jetzt knirschte der Sand zwischen ihren Zähnen. Grays Lunge protestierte, weil sie nach dem Wasser zwei Nächte zuvor auch noch Dreck schlucken musste. Gray presste die Lippen fest aufeinander, aber das Zeug kroch ihm in die Nase. Es half nichts, er musste anhalten, um …

Réka beugte sich herüber und nestelte an seinem Hals herum. Sie verknotete das Tuch in seinem Nacken und zog es ihm über Mund und Nase. »Besser?« Ihre Stimme kam dumpf durch den Stoff, den sie sich selbst mit flinken Bewegungen anlegte.

Gray nickte und sauste über eine Bodenwelle, die den Scorpion erneut springen ließ. Sie landeten, und Gray wich einem knorrigen Wurzelstock aus, der bei der Rodung der Schneise stehen gelassen worden war. Sie passierten den Streckenposten am Zaun und gelangten auf den Weg, den Cooper Gray bei seiner Ankunft entlanggeführt hatte. In wenigen Sekunden würden sie den Platz erreichen. Und dann? Im Zickzackkurs um die Gebäude bis zum Ziel würden sie den Rückstand zu den anderen niemals aufholen.

Die Streckenpunkte waren in der richtigen Reihenfolge abzufahren.

Den Rest entscheidet ihr selbst.

Gray rief das Bild des Camps aus der Vogelperspektive in seinem Kopf auf.

Die Idee war verrückt, aber vielleicht funktionierte sie genau deswegen?

Er hielt auf die Frau in Tarnkleidung zu, die auf dem Platz wartete und schließlich seine und Rékas Ankunft notierte. Mit quietschenden Reifen fuhr Gray eine enge Kurve.

»Was machst du?«, schrie Réka und sah über die Schulter zurück.

»Wir müssten genauso oft bremsen und beschleunigen wie die anderen«, erklärte Gray. »Der Abstand würde immer gleich bleiben. Am Zaun entlangzufahren, ist die einzige Möglichkeit.«

»Das ist fast doppelt so weit! Das klappt nie.«

»Abwarten!«, rief Gray. Er wunderte sich selbst über die Zuversicht in seiner Stimme. Oder war es Verzweiflung? Die Sache *musste* funktionieren, sonst stand er da wie der letzte Trottel. Und darauf war er nach den verpatzten ersten Tagen im Camp nicht gerade scharf.

Ihr Scorpion rumpelte über Stock und Stein, fuhr in Senken und schoss wieder aus ihnen heraus, dass die Metallbügel um Gray und Réka ächzten. Mehrmals schlugen Grays Zähne schmerzhaft aufeinander. Die

Vibrationen, die der Sitz an ihn weitergab, würden ihn noch eine Weile begleiten. Aber kamen sie hier wirklich schneller voran? Oder hatte Gray sich verschätzt?

»Da vorne!« Réka streckte den Arm aus. In der Ferne stand Cooper neben einem der Humvees, mit dem er sich direkt nach dem Start herbegeben haben musste. Die Beifahrertür schwang auf, und der Major stieg aus. Mit festem Blick sah er auf die Scorpions, die zwischen einigen Holzbaracken auftauchten und nun schnurgerade auf das Ziel zuhielten.

Und ihr Tempo noch einmal erhöhten.

Verdammt!

Aber Réka und er konnten es immer noch schaffen!

In Grays Kopf blinkte etwas auf, das das Gegenteil behauptete. Mit roten Punkten ergänzte sein Gehirn das Satellitenbild der Anlage mit den sich immer schneller bewegenden Fahrzeugen. Ben und sein Partner würden vor ihnen da sein, dicht gefolgt von Isaac und Matthew. Phil und Chris lagen weit abgeschlagen im hinteren Mittelfeld und führten sich immer noch auf wie zwei Vollidioten.

Gray riss das Steuer nach rechts. »Abfangkurs!«, rief er, bevor Réka fragen konnte, was er vorhatte. Er hielt nicht direkt auf die Spitze zu, sondern berechnete die Stelle, an der sie auf Ben treffen würden, und fixierte einen Punkt fünf Meter links davon.

Neben ihm zählte Réka eins und eins zusammen. Sie

warf die Karte in den Fußraum und stützte sich mit steifen Armen ab. »Ben wird nicht bremsen. Er wird uns von hinten rammen, wenn du einscherst!«

»Abwarten«, flüsterte Gray. Er wusste selbst, wie riskant das Manöver war. Aber es war zu spät für einen Rückzieher. Der Scorpion hüpfte über die Böschung an der vorgesehenen Stelle auf den Asphalt. Gray riss am Lenkrad. Die Reifen quietschten protestierend. Der Scorpion legte sich auf die Seite – und hob links ab. Jeden Moment kippte das Teil! Gray warf sich mit dem Oberkörper gegen die Tür, um möglichst viel Gewicht auf die Seite zu bringen. Gleichzeitig lenkte er gegen. Das Fahrzeug krachte zurück auf die Straße und schlingerte. Wenn Gray nicht sofort die Kontrolle wiedererlangte, überschlugen sie sich! Er kurbelte erneut, ließ die Bewegungen kleiner werden – und hatte das Ding wieder in seiner Gewalt.

Erleichtert atmete er aus und stellte mit einem schnellen Blick nach hinten fest, dass Réka sich getäuscht hatte. Ben *hatte* gebremst. So sehr, dass Phil und Matthew ihn überholt hatten und nun als Zweite hinter Gray und Réka ins Ziel rollten.

»Wir haben gewonnen!« Wie beim Anlegen des Tuchs spürte Gray Rékas Arme um seinen Hals. Ihre Stimme kitzelte über das Röhren der letzten Scorpions an seinem Ohr: »Genial! Das war die Wucht!« Bevor Gray das plötzliche Chaos in seinem Kopf ordnen konnte, löste sie sich und sprang aus dem Fahrzeug. Gray brauchte drei, vier Sekunden, dann folgte er ihr auf wackeligen Beinen.

»... verstanden. Over and out.« Cooper ließ ein Funkgerät sinken. Wahrscheinlich hatte er mit den Streckenposten kommuniziert. Er nickte dem Major zu. *Alles in Ordnung, sie haben die Wegpunkte abgefahren.*

Bishop wandte sich an Gray und Réka: »Herzlichen Glückwunsch. Ihr habt mit Übersicht gehandelt und seid verdient weiter.«

Weiter? Was sollte das denn heißen? Das Ganze war doch nur eine nette Abwechslung zum harten Training gewesen, mehr nicht. Das hatte zumindest Cooper behauptet. Gray sah Réka an, aber auch sie zuckte nur mit den Achseln.

Bishop streckte derweil die Hand aus und ließ sich von Cooper ein ähnliches Klemmbrett reichen wie das der Männer und der Frau unterwegs. Er blätterte mehrmals vor und zurück. Die Akten, die er über die Jugendlichen angelegt hatte. Gray sah, dass etliche Zeilen mehr ausgefüllt waren als bei ihrer Ankunft.

»Ich werde nun einige Namen vorlesen. Dabei spielt nicht allein das heutige Rennen eine Rolle, dem ihr mit Absicht nicht zu viel Gewicht beimessen solltet. Ich wollte sehen, wie ihr euch verhaltet, wenn ihr glaubt, dass nichts auf dem Spiel steht. Ich beziehe auch eure anderen Leistungen mit ein. Euer Verhalten insgesamt.« Er ratterte etliche Namen herunter. »… und zu guter Letzt Chris Holland und Phil Dunmore. Ihr habt euch wacker geschlagen, aber eure Reise endet hier. Ich danke euch auch im Namen von Mr Steel für euren Einsatz. Viel Glück für die Zukunft.«

Gray hielt die Luft an. Sein Blick traf den von Isaac. Sein Kumpel schien schon den nächsten Wettbewerb zu starten. Gray musste aufpassen, dass er sich nicht daran beteiligte, denn diesmal hätte *er* mit seinem Grinsen den Titel als Ochsenfrosch des Jahres abgeräumt, nicht Ben.

Vier Überlebende für die Seaside und keiner für die Loser von der West High. *Tschakka!*

Chris und Phil starrten Bishop mit offenen Mündern an. Cooper übernahm, bevor sie sich fangen konnten: »Legt bitte alles zurück in die Scorpions, was nicht euch persönlich gehört, und folgt mir. Ich bringe euch zurück zu den Unterkünften. Dort könnt ihr in Ruhe packen und dann eure Eltern informieren.«

Der Trupp trottete los. Phil sah über die Schulter zurück. Neben Gray winkte Réka ihm freundlich lächelnd nach. Dann drehte sie die Hand mit dem Handrücken zu ihm, klappte drei Finger und den Daumen ein und streckte ihm zum Abschied nur einen entgegen. »Mach's gut, Knalltüte!«

Gray bezweifelte, dass Phil es hörte, musste sich jetzt aber wirklich anstrengen, nicht zu lachen.

Das ernste Gesicht des Majors half ihm, die Fassung zu bewahren.

»Morgen«, tönte der Mann und bedachte die verbliebenen acht Jugendlichen einen nach dem anderen mit einem durchdringenden Blick. Isaac und Matthew, Ben und sein Navigator, ein aus einem weiteren Jungen und einem Mädchen bestehendes Team und zuletzt Réka und Gray.

»Morgen«, wiederholte er, »werdet ihr wirklich etwas durchatmen können. Lockeres Fitnessprogramm, danach zusätzliche Rechtskunde. Am Nachmittag solltet ihr euch ausruhen, denn am Mittwoch müsst ihr alles geben. Dann steht eure erste Festnahme an. Es werden alle zusammen eingesetzt. Direkt danach entscheidet Mr Steel mit meiner Hilfe, wer endgültig zum Team Ghost gehören wird und wer nicht.«

KAPITEL 14

Dienstag, 13. April, 22:12 Uhr, 18 7th Avenue South, Seattle

Asher Franklin lehnte im Schatten eines Hauseingangs und spähte über die Straße. Die letzten Lichter im Gebäude gegenüber waren schon vor einer halben Stunde erloschen. Trotzdem hatte er ausreichend Zeit verstreichen lassen, um auf Nummer sicher zu gehen.

Man brach nicht jeden Tag bei seinem Arbeitgeber ein.

Wobei die Frage war, ob es sich tatsächlich um unbefugtes Betreten handelte, wenn man den Schlüssel hatte. Darüber hinaus kannte Asher wie jeder Angestellte den Code für die Alarmanlage, die der alte Landolf vor einigen Jahren hatte installieren lassen.

Asher hatte überlegt, ob er vielleicht einfach tagsüber ins Büro spazieren, Hallo sagen und dann erledigen sollte, was er vorhatte. Aber natürlich merkte man ihm an, dass er nicht krank war. Ein so guter Schauspieler war er nicht. Er musste also auf diese Weise ein paar unbeobachtete Momente lang an Computer und Schlüsselschrank des Unternehmens gelangen.

Dann mal los.

Er atmete tief durch und schlug sich die Kapuze über den Kopf. Das Ganze war aufregender als gedacht. Auf eine gute Weise! *Elektrisierend*. Kein sonderlich originelles Wort, aber passend. Asher hörte beinahe, wie die Luft um ihn herum knisterte, als er die Straße überquerte.

Seinen Blick hielt er gesenkt. Die Köche der vietnamesischen Garküche nebenan kannten ihn. Es war besser, wenn sie sich nicht daran erinnerten, ihn heute hier gesehen zu haben. Der Duft von Hühnchen und süßsaurer Soße hüllte ihn kurz ein, dann war er am Laden vorbei. Jetzt musste es schnell gehen! Mit der Alarmanlage war ein Bewegungsmelder über der Tür angebracht worden. Für ein paar Sekunden würde alle Welt Asher sehen.

Das Licht flammte auf. Asher eilte weiter, schloss die Tür auf und huschte ins Gebäude. Er wandte sich dem blinkenden Bedienfeld an der Wand zu und tippte die richtige Nummer ein. 2605. Der alte Landolf hatte sich etwas ganz Besonderes einfallen lassen. Seinen Geburtstag.

Draußen fuhren Autos vorbei, vor der Garküche

wurde lautstark vietnamesisch gesprochen, dann entfernten sich die Stimmen. Zurück blieb das leise Rauschen des Servers aus dem oberen Stockwerk.

Asher stieg die Metalltreppe nach oben. Sonderlich leise musste er nicht mehr sein. Hier drinnen konnte ihm nichts passieren. Es sei denn, eine seiner Kolleginnen oder ein Kollege kehrte zurück, weil sie oder er etwas vergessen hatte. Aber das war eher unwahrscheinlich. Der Job war gut, aber nicht so gut, dass sich jemand für Landolfs Stromrechnung verantwortlich fühlte, weil er vielleicht das Licht auf der Toilette hatte brennen lassen.

Asher selbst konnte natürlich kein Licht machen. Das hätte man durch die großen Fenster auf dieser Ebene bemerkt. Nur das Flimmern des Bildschirms, den er einschaltete, ließ sich nicht vermeiden.

»Dann wollen wir mal sehen«, flüsterte Asher – und schüttelte amüsiert den Kopf. Er hatte noch nie Selbstgespräche geführt. Bei anderen Leuten mochte das ein Zeichen von Nervosität sein. Er hingegen war bester Laune. Geradezu *euphorisch*.

»Und los geht's.« Er öffnete das Programm, mit dem die Firma ihre Warenströme verwaltete. Täglich wurden unzählige ein- und ausgehende Lieferungen abgewickelt. Spediteure mussten beauftragt werden, wenn die eigenen Kapazitäten nicht ausreichten. Dann war da noch der Kontakt zu den Reedereien, der Hafenbehörde und dem Zoll, von dem zu den Kunden ganz zu schweigen. Im Grunde musste man wissen, was wann warum wo war und bis wann es wie wohin sollte. Die meisten dieser Fragen beantwortete das Programm. Man musste ehrlicherweise kein Professor sein, um es zu bedienen.

Wenn man es aber *verstand* wie Asher, sah man die Lücken.

Asher rief die Fahrzeugverwaltung auf. Er scrollte durch die Tage nach vorn. Die Sattelschlepper, die zum Termin hin außerhalb der Stadt unterwegs waren, konnte er vergessen. Er brauchte einen, der zwischen Ent- und erneutem Beladen für einige Stunden unbeaufsichtigt auf einem der großen Plätze am Hafen abgestellt werden würde.

Und da war er schon!

Er würde beim Einlaufen der *Symphony* sogar ganz in der Nähe des Terminals sein, an der sie festmachte. Besser ging es nicht.

»Sehr gut«, lobte Asher sich selbst und dachte an den Container, den er abholen würde. »Jetzt kümmern wir uns noch darum, wo wir dich unterbringen.«

Landolf's Import verfügte über rund 98.000 Quadratmeter Lagerfläche, die sich quer über die Stadt verteilten. Die Gebäude reichten von einfachen Garagen zum Abstellen kleinerer Lieferungen über ehemalige Büroräume bis hin zu den großen Hallen. Darüber hinaus hatten sie in den letzten Jahren weitere Flächen angemietet. Da sie sich nicht direkt in Landolfs Besitz befanden, tauchten sie lediglich als monatliche Ausgaben in der Buchhaltung auf. Und im System, das Asher nun benutzte, um eine weitere Lücke zu finden.

Diesmal brauchte er drei, höchstens vier Tage für seine Zwecke. Bis dahin würde er die wertvolle Ware den Kunden übergeben haben, die den Zuschlag von The Voice erhalten hatten. Entsprechend zahlungskräftig waren sie. Asher wollte, dass sie ihn als jemanden kennenlernten, der heikle Geschäfte perfekt über die Bühne brachte.

Die Suche dauerte nicht lange. Der ideale Ort war nicht einmal fünf Minuten vom Liegeplatz der *Symphony* entfernt. Natürlich würde Asher ihn sich vorher noch einmal ansehen. Blocken würde er ihn schon jetzt. Er klickte die entsprechende Spalte an. »Erledigt. Jetzt nur noch…« Er kehrte in die Hauptmaske zurück, wählte eine unverdächtige Lieferung aus, zweigte einen Teil davon ab und verfrachtete ihn in die geblockte Halle, ohne ihn *wirklich* umzulenken. Im Grunde existierte er jetzt doppelt. Bei einer genaueren Überprüfung würde das auffallen. In wenigen Tagen würde Asher das Ganze aber rückgängig machen. Es würde sein, als hätte es den Spuk nie gegeben.

Aber nicht alles ließ sich am Computer machen. Asher fuhr ihn herunter und lief zum Schlüsselschrank.

Die Taschenlampe seines Smartphones wagte er nicht zu benutzen. Das Licht, das von der Straßenbeleuchtung durch die Scheiben fiel, musste ausreichen. Er brauchte einige Anläufe, dann griff er sich tatsächlich den Ersatzschlüssel für den richtigen Lastwagen aus der Kiste, die nur für den Fall gebraucht wurde, dass ein Fahrer seinen Erstschlüssel verlor. Fehlte noch der für die Halle. Asher zählte die Haken ab, an denen sie hingen, nahm den Schlüssel an sich und drehte sich zufrieden um.

»Prächtig«, sagte er. Ihm lag sogar ein Lied auf den Lippen, als er zurück zur Treppe schlenderte. So ein Einbruch machte richtig Spaß.

KAPITEL 15

Mittwoch, 14. April, 09:42 Uhr, Preston Boulevard, Preston Falls

»Wir sind hier *nicht* in Preston Falls.« Eric Steel lehnte lässig an einer Straßenlaterne. Wie im Seattle Paintball Park trug er ein kariertes Flanellhemd. Seine schulterlangen Haare sahen so unordentlich aus, dass es lange gedauert haben musste, sie derart zu stylen. Die stechend grünen Augen leuchteten wie die seines Vaters. »Wir befinden uns in Vancouver, Washington, und haben diese Straße als Aufenthaltsort eines Flüchtigen ermittelt. Wieso ist es so wichtig, ihn heute und hier zu schnappen?«

Vancouver lag im Süden des Bundesstaats Washington, direkt an der Grenze zu Oregon. Bounty Hunters durften Flüchtige über Staatsgrenzen hinweg verfolgen, ohne sich der Entführung schuldig zu machen wie eine Privatperson. Allerdings gab es Ausnahmen.

Grays Hand schoss in die Höhe, aber Matthew war genauso schnell. Eric Steel nickte ihm zu. Matthew grinste. Er wirkte nicht gehässig, weil er aufgerufen worden war und nicht Gray. Das wandelnde Computerhirn freute sich wirklich über das gemeinsame Wissen, das er nun preisgeben durfte: »Kopfgeldjagd ist in Oregon verboten. Setzt sich der Flüchtige dorthin ab, haben wir ein Problem.«

Eric lachte. Es klang nicht ganz so dröhnend wie bei seinem Vater, schien aber dennoch von Herzen zu kommen. »Dann haben wir mehr als nur ein Problem, Matthew. Denn dann sind wir draußen. Ein Flüchtiger in Oregon ist für uns wie die dunkle Seite des Mondes. Wir werden ihn nie wieder sehen.«

Er stieß sich ab und schlenderte mit locker in die Taschen gesteckten Händen den Boulevard entlang.

»Benedict?«, fragte Eric. »Welche Sonderrechte haben Fugitive Recovery Agents?«

Ben schnalzte genüsslich mit der Zunge. »Wir dürfen uns als jemand anders ausgeben, um Informationen über die Gesuchten zu erhalten. Und wir dürfen notfalls mit Gewalt in Häuser oder Wohnungen eindringen, wenn wir sie darin vermuten.«

Klar, dass Big Ben ausgerechnet *das* abgespeichert hatte.

Wieder nickte Eric. »Nummer eins steht euch heute frei, auf Nummer zwei verzichtet ihr bitte. Wir haben mehrere Eingeweihte in Preston Falls, aber wenn ihr danebenliegt und das falsche Gebäude stürmt, geraten wir in Erklärungsnot. Also dann«, er klatschte in die Hände, »findet diesen Flüchtigen.« Er zog einen Ausdruck aus der Gesäßtasche, faltete ihn auf und hielt ihn in die Runde.

Gray prägte sich das Bild des Mannes darauf ein. Ende vierzig, markantes Kinn. Besonders auffällig war die breite Nase, die aussah, als wäre sie schon mehrmals gebrochen gewesen.

»Der Mann stammt aus dem tiefsten Süden, und ihm werden illegale Hunderennen vorgeworfen. Die Richterin hat eine Kaution festgelegt, die wir freundlicherweise übernommen haben. Zum ersten Termin ist unser *Dr. Dolittle* aber nicht erschienen.« Er grinste bei der Erwähnung der beliebten Kinderbuchfigur. Auch Gray kannte die Geschichten rund um den Arzt, der mit Tieren sprechen konnte.

Eric steckte das Papier weg. »Anna und Tim, ihr seid Team A. Bestimmt seinen genaueren Aufenthaltsort in dieser Straße. Das Gleiche wird Team B versuchen, Réka und Gray. Team C und D stehen für den Zugriff bereit. Welches der beiden ihr informiert, bleibt euch überlassen. Aber haltet nach erfolgreicher Ortung unbedingt die Stellung! Eine Situation kann sich jederzeit ändern.« Er deutete auf Ben und den letzten weiteren verbliebenen Jungen: »Ihr bildet Team C.«

Damit waren Isaac und Matthew Team D. Mehr brauchte Gray nicht zu wissen. Er nickte Isaac zu. Dann entfernte er sich mit Réka, um sich mit ihr zu besprechen.

»Die erste Festnahme«, seufzte sie. »Ich hatte mir mehr erwartet als eine weitere Übung.«

Stimmte schon. Auch Gray war den ganzen gestrigen Tag über angespannt gewesen. Dass es sich um keinen echten Zugriff handelte, machte die Sache aber nicht unbedingt leichter, oder? Vom Ausgang hing ab, wer es ins Team schaffte und wer nicht. Wie konnte Réka da so entspannt neben ihm herschlendern?

»Er stammt aus dem tiefsten Süden«, überlegte sie laut. »Das hat Eric besonders betont, findet du nicht auch? Vielleicht haben sie ein Auto mit einem fremden Nummernschild abgestellt. Das gibt uns dann einen Hinweis, in welchem Haus Dr. Dolittle ist.«

Möglich war es. Gray betrachtete die parkenden Fahrzeuge, meist Pick-ups mit Allradantrieb. Er sah sich die ganze Reihe an und schüttelte den Kopf. Nichts.

»Dann lass uns weiter überlegen«, sagte Réka. »Und benimm dich nicht so auffällig. Wir sind zwei ganz normale Jugendliche, schon vergessen?«

Okay. Aber wie verhielt sich ein normaler Jugendlicher, der ein jugendlicher Bounty Hunter werden wollte, der so tat, als wäre er ein normaler Jugendlicher? Da musste man doch einen Knoten im Hirn kriegen!

Réka schien es anders zu gehen. Sie griff nach Grays Hand und schlang ihre Finger um seine. »So. Als Pärchen fallen wir weniger auf.«

Irrtum! So würden sie erst recht auffallen! Grays Beine bewegten sich steif wie die eines Roboters, der das Gehen erst noch lernen musste. Auf die Art würden sie diesen Dr. Dolittle nie finden.

Gray blieb stehen.

Illegale Hunderennen.

Der besondere Name.

»Wieso macht der Flüchtige ausgerechnet hier halt?«, fragte er. Mit einem Nicken quer über die Straße gab er sich selbst die Antwort. »Der Laden mit dem Hundeknochen über dem Eingang. Dr. Dolittle hat tierische Begleitung auf seiner Flucht! Und die muss versorgt werden.«

Mit Réka an der Hand überquerte er die Fahrbahn, bevor Team A die gleiche Entdeckung machte. Zügig näherten sie sich dem Geschäft. Im Vorübergehen warf Gray einen schnellen Blick durch die Glasfront. »Volltreffer! Der Flüchtige steht mit einem kleinen Hund in der Nähe von Kasse drei. Deshalb auch *mehrere Eingeweihte*. Eric Steel musste die Angestellten informieren, damit die nicht die Cops rufen, wenn der Kerl verdächtig lange herumschleicht, ohne etwas zu kaufen.«

Réka nickte – und blieb nun ihrerseits stehen.

»Was machst du?«, zischte Gray. »Wir wollen doch nicht auffallen.«

Réka grinste, zog ihn an sich und hob ihr Smartphone hoch. »Selfie!« Sie drückte ihre Wange an Grays, richtete die Innenkamera aber so aus, dass ihre Gesichter knapp unter den Augen abgeschnitten wurden. Im Fokus stand eindeutig der Eingangsbereich des Ladens. Réka löste aus und hüpfte dann übertrieben lachend weiter. Für einen Außenstehenden kontrollierte sie die Aufnahme von sich und ihrem Freund. In Wahrheit schickte sie das Bild an eins der Teams für den Zugriff.

»D«, sagte Gray knapp. Eine Erklärung war nicht nötig. Réka wusste auch so, dass er Isaac die Chance geben wollte.

Während sie die Nachricht absetzte, schlenderte Gray zur Ecke des Gebäudes weiter. Damit blieben sie in der Nähe, verschwanden aber aus dem Blickfeld.

Eine schmale Gasse führte nach hinten. Aus einem Müllcontainer ragten Kartons, eine rostige Tür ging wahrscheinlich zur Warenannahme.

Réka tauchte neben Gray auf. Sie war ihm beinahe wieder so nahe wie beim vorgetäuschten Selfie. Der Moment war perfekt. Wenn Gray nur etwas Cooles einfallen würde, das er …

»Ich seh mir das mal an«, sagte Réka. »Wäre doch irre, wenn wir plötzlich drinnen auftauchen und uns den Kerl selbst schnappen, oder?«

Irre, ja. Und eine nicht abgesprochene Planänderung.

»Sehr süß übrigens.« Réka drehte den Kopf über die Schulter. Sie wollte offenbar, dass Gray fragte, was sie damit meinte. Er hob die Achseln. Réka kicherte. Trotz des Schattens, in den sie nun trat, blitzte das Stück Pazifik in ihrem Auge auf. »Bei mir war Mr Steel als Erstes, weißt du? Aber deine SMS. Dass du mich im Team haben willst. Wie gesagt, sehr süß.«

Saß Gray wieder im Scorpion, kurz bevor der sich beinahe überschlagen hatte? Diesmal kippte die Welt um ihn herum tatsächlich. Die Wände schienen auf ihn zuzustürzen. Réka rüttelte unterdessen an der Tür, trat enttäuscht zurück, weil sie sich wohl nur von innen öffnen ließ, und verschwand zur Gebäuderückseite.

Gray hatte immer noch Mühe, die Welt geradezurücken. Dass Mr Steel ihr von der Nachricht erzählen könnte, hatte er nicht bedacht. Aber wie hatte sein Sohn Eric vor ein paar Minuten gesagt? Eine Situation konnte sich jederzeit …

Ein Quietschen von vorn riss ihn aus seinen Gedanken. Ein weißer Sportwagen kam direkt vor dem Laden zum Stehen. Die Beifahrertür schwang auf.

Saß da Cooper hinter dem Steuer? Tatsache! Gray hatte sich schon gewundert, warum Bishop ihn ausgerechnet heute nicht für sie abgestellt hatte. Jetzt war es klar. Und auch Eric Steels Andeutung ergab Sinn! Das

Team, das Dr Dolittle entdeckte, sollte in der Nähe bleiben, um ihm den Weg zu einem Helfer abzuschneiden, der überraschend auftauchte.

Wenn Réka nicht gleich zurückkam, musste Gray das allein übernehmen.

Sein Blick blieb an der rostigen Tür hängen.

Wer sagte eigentlich, dass Eric nicht *noch* eine Wendung eingebaut hatte? Wenn Gray jetzt losstürmte, konnte der Flüchtige auch durch die Warenannahme entkommen. Verdammt!

Von der anderen Straßenseite erschollen Rufe. Isaac gestikulierte in Richtung des Geschäfts. Noch konnte Gray nicht sehen, dass sich dort etwas tat. Er blieb also vorerst besser, wo er war.

Dr. Dolittle schoss auf den Wagen zu.

Gray rannte los. Zu spät. Schon nach wenigen Schritten war klar, dass er früher hätte reagieren müssen. Tatenlos musste er mit ansehen, wie der Kerl und sein Hund zu Cooper ins Fahrzeug sprangen. Cooper ließ den Motor aufheulen, dann schaltete er in den Leerlauf und stieg aus.

»Na, das lief ja mal richtig scheiße für euch, Kumpel.«

Kumpel. Immerhin. Allerdings schien Eric Steel es ähnlich zu sehen wie Cooper. Genau wie sein Vater und Bishop! Die beiden traten mit mürrischen Mienen aus dem Gebäude schräg gegenüber. Wenn sie die

Szene von einem der oberen Stockwerke aus beobachtet hatten, hatten sie alles im Blick gehabt. Abgesehen vom hinteren Teil der Gasse, aus der auch Réka endlich kam. Sie zögerte beim Blick auf die sich Nähernden, dann verzog sie ertappt den Mund. Besonders getroffen sah sie nicht aus. Eher, als wäre sie in der Schule beim Flüstern mit einer Freundin erwischt worden und nicht, als ärgere sie sich sonderlich über den gescheiterten Zugriff.

Gray betrachtete Mr Steel und Bishop. Die beiden kannten sich nicht erst durch die Zusammenarbeit des Kautionsbüros mit dem Camp, oder? Sie unterhielten sich wie langjährige Freunde. Hatte er sich getäuscht, und Mr Steel war gar kein Ex-Cop sondern hatte wie Bishop beim Militär gedient? Vielleicht waren sie sogar zusammen in einer Einheit gewesen? Eine Rolle spielte das jetzt nicht. Mr Steel winkte seinen Sohn zu sich, Bishop beorderte Cooper zu der Gruppe.

Die vier unterhielten sich gedämpft. Immer wieder blickten sie herüber. Vor allem Maxwell Steel wirkte verkniffen.

»Alter, wo warst du?« Isaac kam mit den anderen angelaufen und sah Gray verwirrt an.

Gray schwieg. Mit Isaac allein würde er vielleicht über Rékas blöde Aktion reden. Dass sie ihn hatte hängen lassen, war aber nicht für die Allgemeinheit bestimmt.

»Sie kommen«, verhinderte Matthew weitere Nachfragen von Isaac.

Mr Steel baute sich vor ihnen auf. »Wir haben weitere Szenarien vorbereitet, die wir durchspielen werden. Das soll jedem die Möglichkeit geben, sich zu präsentieren. Unter Umständen werden wir noch einige Übungen im Camp absolvieren, aber dann sollten wir das finale Team Ghost haben. Réka, du erhältst noch eine Chance.«

Gray atmete aus. Noch war also nicht alles ...

»Aber jetzt zu dir, Grayson. Das war nicht dein erster Patzer. Scott hat berichtet, dass du nicht einmal selbstständig ins Camp gelangt bist. Er ist einem Bauchgefühl gefolgt und hat dich aufgenommen, um die Reaktionen anderer zu testen.« Er führte nicht näher aus, wen er meinte. Der kurze Blick genügte. Unwillkürlich schnappte Gray nach Luft. Er war nur ein Versuchskaninchen gewesen, um Big Ben zu reizen! Bis auf ein paar blöde Kommentare war daraus zwar nichts geworden, aber trotzdem!

Mr Steel fuhr unbeeindruckt fort: »Dann gab es einen Zwischenfall am Schießstand.« Gray öffnete den Mund, aber Mr Steel erstickte den Protest mit erhobenem Zeigefinger. »Ich kenne Menschen wie dich, Grayson. Unglaublich talentiert, mit Fähigkeiten ausgestattet, die man sich nicht antrainieren kann. Man hat sie oder nicht. Du, Grayson, hast ein herausragendes taktisches Verständnis. Das hat sich schon in Seattle gezeigt und trat beim Rennen mit den Scorpions voll zutage. Ich wette, diese Gabe würde geradezu explodieren, wenn du in eine entsprechende Situation gerätst.«

Es stimmte. Gray hatte beinahe *vorausgesehen*, was passieren würde. Am Schießstand! Phils Bewegungen und die der Marines hätten unweigerlich zu einem überaus schmerzhaften Erlebnis für Phil geführt. Der Taser war da das kleinere Übel gewesen. Nur deshalb hatte er zu diesem Mittel gegriffen! Er hatte Phil *schützen* wollen, verdammt!

»Aber«, sagte Mr Steel und nutzte erneut den Zeigefinger, um Gray den Mund zu verbieten, »genau da liegt gleichzeitig auch das Problem. Talent allein reicht nicht aus. Es braucht Disziplin. Durchhaltevermögen. Entscheidungswillen. Spontaneität, den einmal gefassten Plan anzupassen. Das mag dir beim Rennen gelungen sein. Hier nicht. Du hast dein Team im Stich gelassen.«

Gray unterdrückte den Impuls, Réka anzusehen. Gleichzeitig kämpfte er gegen den Druck in seinen Augen an. Er versuchte, ihn durch die Nase wegzuatmen und dabei nicht auffallend häufig zu blinzeln. Er würde ganz sicher nicht vor Wut heulen! Und er würde Réka nicht ans Messer liefern. Lieber schwieg er zu Steels Vorwürfen.

Mr Steels Nicken erinnerte an die enttäuschte Bewegung von Grays Dad, nachdem Gray ihn auf die Möglichkeit hingewiesen hatte, die Schulgebühren mit den Prämien zu bezahlen, die ein Bounty Hunter verdiente.

»Grayson.« Mr Steel wollte die Sache offenbar zu Ende bringen. »Cooper fährt dich mit seinem Firebird zurück ins Camp. Du packst und rufst deinen Vater an. Gib Cooper Bescheid, wann er dich abholen wird. Ich wünsche dir viel Glück für die Zukunft. Team Ghost wird leider kein Teil davon sein. Du bist raus, Grayson.«

KAPITEL 16

Mittwoch, 14. April, 11:07 Uhr, Unterkünfte, Camp Painmore

Die Tür flog auf, und Isaac stürmte ins Zimmer. Seine Kiefer mahlten aufeinander, rote Flecken zogen sich über seine Wangen.

»Was ist los?« Gray klickte den Verschluss des Wanderrucksacks zu, den er in der letzten halben Stunde gepackt hatte.

»Was los ist?« Isaacs Stimme überschlug sich. Er lief bis vor Grays Bett und sah es an, als wolle er es kurz und klein treten. Mit deutlicher Anstrengung schloss er die Augen und atmete ein. Sollte das Box-Breathing sein? Mehr als zwei Sekunden hielt er den Atem nicht an. Mit einem lauten Zischen ließ er die Luft entweichen. »Steel kann dich nicht einfach rauswerfen!«

Seufzend setzte Gray sich auf das bereits gemachte

Bett und klopfte mit der flachen Hand neben sich. Als fordere er nicht Isaac, sondern dessen Schwester Gretchen auf, bei ihm Platz zu nehmen. »Es war ein Test«, sagte er, »und Réka und ich haben ihn vergeigt.«

Zumindest für Gray bedeutete das das Aus. Réka durfte noch hoffen. Sie hatte sich im Vorfeld weniger Fehler erlaubt als er. Außerdem brauchte Team Ghost ein weibliches Mitglied – und gegen Réka kam das andere Mädchen kaum an. Das sah sicher nicht nur Gray so, sondern auch Mr Steel.

Was genau in der Gasse passiert war, brauchte er nicht zu wissen. Genauso wenig wie Isaac. Auch den drohenden Schulwechsel würde Gray ihm gegenüber für sich behalten. Ihm würde schon etwas einfallen, wie er das Geld auftreiben konnte. Wie das aussehen sollte, wusste er noch nicht. Aber gerade war das auch Nebensache. Isaac saß neben ihm, als wäre *er* rausgeflogen, nicht Gray.

»Du gibst bestimmt einen prima Kopfgeldjäger ab«, munterte Gray ihn auf. »Du musst dich nur bei den Übungen heute Nachmittag richtig reinhängen, um Mr Steel zu überzeugen.«

Isaac schüttelte den Kopf. »Das Team steht. Wir haben noch zwei Durchgänge gemacht. Das hat Steel gereicht. Er hat schon entschieden, wer den ersten richtigen Zugriff heute Nacht durchführen darf.«

»Oh, das tut mir leid. Ich dachte, du hättest eine …«

Isaac sah ihn verwirrt an. »Ich bin dabei. Matthew, Ben, Réka und ich. Wir sind Team Ghost.«

Gray schluckte. Dabei sollte er sich freuen, verdammt noch mal! Er hob seinen Arm, aber er fühlte sich ähnlich schwer an wie Samstagnacht im Becken, als seine Kleider sich voll Wasser gesogen hatten. Zum Glück wurde er mit jedem Klopfen auf Isaacs Schulter leichter.

»Genial«, sagte er – und meinte es so! Es war toll, wirklich. »Die anderen können froh sein, dass du mit dabei bist. Zeigt es den bösen Buben!«

Isaac sprang auf und tigerte auf und ab. Dabei rieb er sich ununterbrochen am Ohrläppchen. »Wir hätten das zusammen machen sollen. Das war der Plan.« Er blieb stehen. »Hast du deinen Dad eigentlich schon angerufen?«

»Mach ich von unterwegs, sobald ich Empfang habe. Ich brauche etwas Zeit für mich, bevor er mich in Preston Falls aufsammelt und ich ihm alles erzählen soll.«

»Perfekt!« Isaac richtete den Zeigefinger auf Gray, dann wirbelte er herum. »Du bleibst, wo du bist. Bin gleich zurück.« Er verschwand auf den Flur und pochte an der gegenüberliegenden Tür. Es folgte eine gemurmelte Unterhaltung, dann huschte Isaac nach rechts. Gleichzeitig entfernten sich Schritte nach links. Wenig später kam Matthew mit Ben im Schlepptau in

Grays Zimmer. Isaac traf wenige Sekunden später mit Réka ein.

Zum ersten Mal trug sie nicht ihren Zopf. Die Haare fielen ihr in feuchten Wellen über die Schultern und ließen ihr hübsches Gesicht weicher erscheinen. Die größte Veränderung machte Gray in ihren Augen aus. Das Stück Pazifik im linken schien sich hinter dem Gletscherblau zu verstecken.

Réka hatte Angst!

Gray schüttelte leicht den Kopf. Er hatte auch keine Ahnung, was die Versammlung sollte. Aber es ging *nicht* um ihre Rolle beim Probezugriff in Preston Falls.

»Was wird das hier?«, fragte nun auch Ben, als Isaac die Tür nach einem letzten Blick auf den Gang hinter ihm schloss. »Abschiedsparty für Parker? Gut, dann. Hurra. Schön war's. Und tschüss.«

»Im Gegenteil.« Isaac bewegte sich wie ein aufgedrehter Plüschhase zwischen ihnen hin und her. Die Aufregung sprang ihm geradezu aus dem breiten Grinsen, das ihm den Ärger nach dem Fußballspiel eingebracht hatte. »Wir werden uns darum kümmern, dass Gray auch ins Team kommt.«

Die Stille im Raum währte nur kurz. Ben drehte sich zur Tür. »Du hast Steel gehört. Er hatte Parker eigentlich fest für das Team eingeplant, aber Parker hat nicht geliefert. Fertig.«

Die Info war neu. Mr Steel musste sie erwähnt haben, nachdem Gray zu Cooper und Dr. Dolittle in den Wagen gestiegen war. Mr Steel schien wirklich Hoffnung in ihn gesetzt zu haben. Es tat Gray fast leid, dass er sie enttäuscht hatte. Allerdings hatte Mr Steel einen guten Ersatz gefunden. Gray wandte sich an Matthew, der offenbar für ihn aufgerückt war. »Glückwunsch.«

Die leise Enttäuschung in seiner Stimme hätte Gray gern vermieden. Aber je länger er mit *Team Ghost* zusammensaß, desto schwieriger wurde es für ihn.

Matthew hob abwehrend die Hände. »Das Team hätte aus fünf Leuten bestehen sollen, Gray. Aber von den anderen konnte keiner überzeugen.«

»Genau«, schaltete Isaac sich wieder ein. »Und als Team lassen wir niemanden im Stich, der auf den letzten Metern stolpert. Wir greifen ihm unter die Arme und tragen ihn über die Ziellinie.«

Ein netter Spruch. Leider fern jeder Realität. »Deine Ziellinie haben die Steels und Bishop festgelegt.« Gray bemühte sich gar nicht mehr, gefasst zu klingen. Er ließ die Schultern hängen. »Und sie sagen, dass das Rennen gelaufen ist.«

»Ich bin dafür.« Die leise Furcht in Rékas Augen machte einer wilden Entschlossenheit Platz. »Aber wie stellen wir das an?«

Hatte sie zugehört? Die Sache hatte sich erledigt. Ende der Geschichte. Und musste sie sich jetzt Isaac zuwenden, statt direkt mit Gray zu sprechen? Sie benahmen sich ja, als wäre er gar nicht da!

Isaac klatschte in die Hände wie ein überambitionierter Sportlehrer. Als hätte er nur auf die Frage gewartet. Jetzt freute er sich, das tolle neue Spiel zu erklären, das die Klasse spielen durfte. Er eilte zum Schreibtisch, drehte einen Stuhl und setzte sich drauf, Lehne nach vorn. »Der Zugriff heute. Matthew, Zusammenfassung.«

Grinsend kam Matthew der Aufforderung nach: »Tyler Myers, 17, angeklagt wegen eines stümperhaften Überfalls auf einen kleinen Shop in Seattle. Vor Gericht hat Tyler ausgesagt, dass er den Laden nur zufällig mit den Typen betreten hat, die den Besitzer dann bedroht haben. Er behauptet, aus Panik mit ihnen geflohen zu sein, als der Mann einen Baseballschläger unter der Theke hervorgezaubert hat. Die Jungs haben sich in unterschiedliche Richtungen verstreut, Tyler ist dabei den Cops in die Arme gelaufen. *Steel & Partner* hat die vom Richter festgesetzte Kaution hinterlegt, Tyler ist nicht zum Verhandlungstermin erschienen. Nachforschungen haben ergeben, dass er seit einigen Nächten immer wieder mal kurz in einem von der Stadt genehmigten Zeltareal für Obdachlose vorbeischaut. Warum ist unklar.«

»Und es ist auch nicht unsere Aufgabe, das herauszufinden«, kommentierte Ben von der Tür aus. »Wir müssen ihn nur schnappen. Dafür nutzen wir, dass er recht zuverlässig zwischen zehn und elf Uhr dort aufkreuzt.«

Isaac nickte. »Genau. Und Gray wird dabei sein. Wir überzeugen Steel mit einem perfekten Zugriff, dass er zu uns gehört.«

»Einverstanden«, sagte Matthew ohne Zögern. »Fünf sind besser als vier.«

»Und ein Fünftel der Prämie ist besser als ein Viertel, du Einstein?«

Matthew hob erneut die Hände, diesmal in Bens Richtung, der seiner Frage ein Schnauben hinterherschob. »Macht für mich keinen großen Unterschied. Außerdem habe ich mich nicht allein des Geldes wegen hierfür gemeldet. Du etwa?«

Ben schien von der plötzlichen Gegenwehr überrascht. Die Rädchen hinter seiner Stirn drehten sich sichtlich. Er wusste, dass niemand ihm abnehmen würde, dass er das Geld brauchte. Nicht bei dem Anwesen seiner Familie mit eigenem Zugang zum See.

Wie auch immer. Isaacs Gedankenspiel war ja ganz nett, aber ob Gray dabei war oder nicht, hatten nicht sie zu entscheiden. »Isaac, ich finde es großartig, wie du dich für mich …«

Sein Freund benutzte wieder den auf ihn gerichteten Zeigefinger. »Denk nicht mal dran! Du hast mich noch nie hängen lassen und wirst heute auch nicht damit anfangen, kapiert?«

Er meinte es wirklich ernst! Lachend schüttelte Gray den Kopf. »Wie stellst du dir das überhaupt vor? Also, rein theoretisch?«

Isaac grinste, als hätte Gray bereits zugestimmt. »Du meldest dich bei Cooper ab und sagst, dass du deinem Dad entgegenläufst. Dann versteckst du dich im Wald. Wir sammeln dich unterwegs auf. Das geht, weil Steel uns wirklich allein rausschickt. In Seattle beziehen wir Stellung und warten, bis Tyler auftaucht.«

So abwegig hörte sich das gar nicht an.

Und ja, Gray würde gern herausfinden, ob er das Zeug für einen echten Einsatz hatte! Ob sie Mr Steel tatsächlich damit überzeugen konnten, stand auf einem ganz anderen Blatt. Allerdings war davor noch eine Frage zu beantworten.

Gray stand auf und ging zu Ben. Er sah ihm fest in die Augen. »Ohne dein Okay mache ich es nicht. Wenn du weiter dagegen bist, telefoniere ich auf der Stelle mit meinem Dad.« Hinter ihm sog Isaac die Luft ein. Gray lieferte Ben die perfekte Vorlage, ihn endgültig rauszukicken. Das wusste er selbst. Aber verstand nicht gerade Isaac, dass ein Team nur so funktionieren konnte? »Also, was sagst du?«

Nicht zum ersten Mal schien Ben überrumpelt. Die auf ihn gerichteten Blicke überforderten ihn sichtlich. Wieder tauchte die Unsicherheit auf, die Gray in der Nacht ihrer Ankunft schon bemerkt hatte.

Ben kaschierte seine Gefühlsregung, indem er übertrieben mit den Augen rollte. »Meine Fresse«, stöhnte er. »Wenn euch das so wichtig ist, von mir aus. Aber sei diesmal bloß auf deinem Posten, Parker!«

KAPITEL 17

Mittwoch, 14. April, 19:38 Uhr, in der Nähe von Pier 57, Central Waterfront, Seattle

Asher saß auf einer Bank und ließ den Blick über die Bucht gleiten. Fähren legten ab und brachten Einheimische und Touristen zu den Inseln gegenüber. Manche fuhren auch den Puget Sound hinauf. Der tief ins Landesinnere reichende Meeresarm verband Seattle mit dem Pazifik.

Von dort würde in zwei Tagen die *Symphony* einlaufen.

Asher registrierte den neugierigen Blick eines vielleicht Achtjährigen, der an der Hand seiner Mom hing. Wahrscheinlich grinste Asher beim Gedanken an die besondere Fracht des Schiffs wieder einmal so breit, als wäre bald Weihnachten. Er zwinkerte dem Jungen zu. *Mach was aus dir, Kleiner. Hau ab, sobald du alt genug dafür bist, und steig ins Schmugglergeschäft ein. Fang mit einem afrikanischen Thron und ein paar Speeren an. Dann wechsle den Kontinent und befördere einen Teil des größten Kulturscha…*

Sein Smartphone meldete sich summend.

Asher nahm es zur Hand. Die Nummer war unterdrückt. Asher meldete sich fast zu fröhlich: »Hallo!« Er klang ja wie ein Schuljunge, der auf dem Pausenhof seiner Flamme begegnete! Er räusperte sich und sagte tiefer, als er normalerweise redete: »Was gibt es?«

»Mr Franklin«, kroch ihm die Stimme ins Ohr. »Sie haben die nötigen Vorkehrungen getroffen?«

Asher nickte. Dabei war er am Telefon, verdammt! Außerdem war das doch die Gelegenheit, zu glänzen. »Kinderspiel. Ich habe einen firmeneigenen Sattelschlepper organisiert, dessen Fehlen für ein paar Stunden niemandem auffallen wird. Danach habe ich den Abschnitt einer Halle für unsere Zwecke geblockt und eine Teilmenge einer anderen Lieferung *dupliziert*, um…«

»Derartige Dinge langweilen mich, Mr Franklin. Ich möchte nur wissen, ob alles in die Wege geleitet ist.«

»Ja.« Ashers Mund war plötzlich sehr trocken. Sehnsüchtig schaute er zu der Cola, die noch ungeöffnet neben ihm stand.

»Fein. Dann wird es Zeit, dass Sie meine Männer einweisen. Wann und wo können sie sich heute noch mit Ihnen treffen?«

Asher hatte sich ohnehin gleich auf den Rückweg zum Hotel machen wollen. »Ich bin im Para…« Den Rest schluckte er herunter. Das halb verborgene Zischen während ihres ersten Gesprächs kam ihm in den Sinn. Die Drohung, es bloß nicht zu vermasseln. Vielleicht war es besser, seinen vorübergehenden Wohnort für sich zu behalten?

Wäre eine der Fähren eine Alternative? Auf ihnen herrschte auch um diese Uhrzeit noch reger Betrieb. Ein Treffen in der Öffentlichkeit würde zumindest etwas Sicherheit bieten. Sie konnten auch in ein Fischrestaurant gehen, davon gab es rund um den Hafen genug. Oder sie trafen sich am … ja, das war perfekt!

»Wie schnell können Ihre Leute an der Pier 57 sein?«

»Beim Riesenrad?«, fragte The Voice. »In rund zwei Stunden. Mein Vertrauter muss seine Leute zusammentrommeln. Sie werden etwas Geduld haben müssen, Mr Franklin.«

»Das geht in Ordnung.« Das *Seattle Great Wheel* zog seit gut zehn Jahren Touristen wie Einheimische gleichermaßen an. Auch Asher war schon mehrmals mit ihm gefahren. »Ihre Männer erkennen mich an …«

»Oh«, unterbrach The Voice ihn mit offensichtlicher Erheiterung. »Eine Beschreibung ist nicht nötig, Mr Franklin. Wir haben Fotos von Ihnen. Vor Ihrem Hotel.« Ein Schmatzen erklang, das Asher mehr Gänsehaut über den Rücken jagte als jedes Zischen. The

Voice aß gemütlich zu Abend, während er Asher ziemlich unverhohlen drohte. »In Anbetracht der Schätze, um die Sie sich in meinem Namen kümmern, hätte ich eine etwas stilvollere Unterkunft erwartet. Aber es ist gut zu wissen, wo man seinen Platz hat, nicht wahr, Mr Franklin?« Der Spaß, den The Voice gerade noch gehabt hatte, verschwand mit einem Schlag aus seiner Stimme. »Meine Männer finden Sie, Mr Franklin. Machen Sie sich darüber keine Sorgen.«

Die Verbindung wurde unterbrochen.

Ashers Kehle war staubtrocken. Hatte der letzte Satz sich wirklich nur auf die Begegnung am Riesenrad bezogen?

KAPITEL 18

Mittwoch, 14. April, 21:14 Uhr, GPS-Koordinaten 47°3'11.0''N 121°37'0.45''W, zweieinhalb Kilometer südwestlich von Camp Painmore

Gray *war* auf seinem Posten. Was man von Ben und den anderen nicht behaupten konnte. Wenn sie Tyler Myers noch erwischen wollten, sollten sie längst auf dem Weg nach Seattle sein.

Fröstelnd schlang Gray die Arme um den Oberkörper. Zwar verdienten sich die Tage derzeit mit kräftigem Sonnenschein und blauem Himmel die Bezeichnung *Frühling*. Die Nächte aber eher weniger. Kaum war es dunkel geworden, war eine angekündigte Kaltfront von Alaska eingetroffen. Es fehlte nur der Schnee, und im Camp hätte der Major das Überleben am Nordpol trainieren können! Gray stampfte mit den Füßen auf. Oder mit den Eisklötzen, die er nach beinahe zwei Stunden im Wald stattdessen in den Schuhen hatte. Die wenigen Meter, die er sich abseits des Schotterwegs bewegen konnte, ohne in das Sichtfeld der versteckten Kameras zu gelangen, halfen auch nicht gerade beim Auftauen.

Gray blieb stehen.

Die Stille der Nacht wurde vom Brummen eines Motors unterbrochen. Na endlich!

Aber konnte er sicher sein, dass in dem Wagen auch wirklich Team Ghost saß? Vielleicht fuhren ein paar von Bishops Mitarbeitern nach ihrem Dienstschluss nach Preston Falls? Gray suchte Deckung und beobachtete das näher kommende Fahrzeug. Coopers Firebird! Hatte er es doch gewusst! Es war eher unwahrscheinlich, dass Cooper seinen Sportwagen dem Team zur Verfügung stellte. Gray zog sich weiter hinter einen Baum zurück und ... Moment. Der Schemen auf der Rücksitzbank. Ein Kopf mit einem langen Zopf. Daneben hockte jemand, dessen Schädel wie bei einer Schildkröte direkt aus dem Hals hervorzuragen schien. Réka und Matthew. Und jede Sekunde waren sie vorbei!

Gray sprang über Steine und Wurzeln. Winkend lief er auf die geschotterte Fahrbahn. Steinchen flogen prasselnd auf, als der Fahrer des Wagens scharf bremste. Der Firebird kam einen halben Meter vor Gray zum Stehen.

Die Beifahrertür schwang auf. »Ich habe schon gedacht, du hättest dich doch vom Acker gemacht.« Die Erleichterung war Isaac anzuhören.

Gray ließ sich seine über Bens Reaktionsvermögen nicht anmerken. Er stakste zum Baum, an den er seinen Rucksack gelehnt hatte. Isaac klappte den Sitz nach vorn, als Gray zurück war, und trat zur Seite, damit Gray sich an Matthew vorbei in die Mitte quetschen konnte. Nicht einfach in dieser Konservendose von Auto. Isaac reichte ihm den Rucksack.

»Wird das heute noch?«, fragte Ben von vorn.

Gray setzte sich das klobige Ding auf den Schoß. »Bereit, wenn du es bist.«

»Team Ghost«, erfüllte Maxwell Steels verzerrte Stimme den Innenraum, »wieso haltet ihr?«

Ben gab ein Lachen von sich und nickte Isaac zu, der sich auf seinen Platz neben ihm fallen ließ. »Das ist deine Aufgabe, Whitman. Ich wünsche viel Spaß.«

Isaac griff nach einem der beiden auf dem Armaturenbrett liegenden Funkgeräte. Er räusperte sich und drückte die Sprechtaste. »Teammitglied fünf erfolgreich aufgesammelt. Over.«

Stille.

Das Gerät knisterte wieder. »Grayson, bist du da?«

Isaac drehte sich über die Schulter und schaute Gray fragend an. Gray streckte die Hand aus. Er atmete tief durch, dann meldete er sich: »Ja, Sir.«

»Du bist draußen, schon vergessen?«

»Nein, Sir.«

»Wieso sitzt du dann im Wagen?«

»Das war nicht meine Idee.«

Wieder entstand eine Pause. »Isaac, richtig? Und die anderen sind einverstanden?«

Gray sah nach rechts. Matthew verfügte nicht nur über ein ausgezeichnetes Gedächtnis, sondern auch über eine unerschöpfliche Quelle guter Laune. Mit breitem Grinsen reckte er einen Daumen hoch. Réka nickte entschlossen. Isaac musste er nicht fragen, und was Ben dachte, nun ja … Er drückte die Sprechtaste: »Größtenteils.«

»Meine Teams befolgen *meine* Befehle.« Mr Steel klang nicht sonderlich begeistert von diesem Zusammenhalt. Oder schwang ein leichtes Schmunzeln in seiner Stimme mit? Gray konnte es nicht mit Sicherheit sagen. »Das geht an alle, verstanden? Eric und ich leiten das Büro, wir entscheiden, was gut für unsere Teams ist und was nicht. Wir unterhalten uns nach eurer Rückkehr. Jetzt konzentriert euch auf eure Aufgabe! Over and out.«

Das Knistern erstarb. Bevor sich ein unangenehmes Schweigen ausbreiten konnte, gab Ben Vollgas. Der Sportwagen schoss los, dass der Schotter nur so spritzte.

Zu beiden Seiten zog der dunkle Wald vorüber, bald führten Serpentinen abwärts, nur damit der Weg gleich darauf eine weitere Bergkuppe erklomm, hinter der es auf die asphaltierte Straße steil nach Preston Falls hinabging.

Eine gute Stunde später erreichten sie Seattle. Ben steuerte sie sicher durch den dichten Verkehr Richtung Hafen.

»Pier neunzig«, sagte er nach einer Weile.

Hier legten neben Fischtrawlern auch die riesigen Kreuzfahrtschiffe an, die Seattle besuchten. Wer in dem für Obdachlose bereitgestellten Areal unterkam, das nur einen Steinwurf entfernt lag, würde so ein Ding niemals betreten. Die kleine Siedlung aus Holzhäuschen und Zelten lag hinter einer Autowaschanlage neben dem weitläufigen Gelände des Rangierbahnhofs. Ben lenkte den Firebird auf den Parkplatz der Waschanlage und hielt im Schatten. Von hier aus hatten sie einen guten Blick auf den Eingang.

Die Hüttchen konnten kaum mehr bieten als ein Bett. Manche schienen längerfristig belegt zu sein. Bei ihnen hatten sich die Bewohner Mühe gegeben und Türen oder Wände bunt bemalt. Selbst gebastelte Dekoartikel aus Draht und Plastik hingen an den Außenwänden. Andere Unterkünfte waren weniger gepflegt. Sosehr die Betreiber der Einrichtung sich auch engagierten, gegen die Folgen des stetigen Wechsels waren sie machtlos. Gray wollte sich nicht ausmalen, wie es in den Häuschen oder den unter zusätzlichen

Planen aufgebauten Zelten aussehen mochte. Und wie es erst darin roch! Gerade wackelte eine in Lumpen gehüllte Gestalt auf eine der Unterkünfte zu. Sie zog einen Einkaufstrolley hinter sich her, auf den ein Sammelsurium an Taschen, ein heruntergekommener Koffer und billige Einkaufstüten geschnallt waren. Wahrscheinlich stellte das ihr ganzes Hab und Gut dar.

Und *er* war wegen eines möglichen Schulwechsels niedergeschlagen? Es fiel ihm schwer, nicht den Blick beschämt abzuwenden.

»Tyler Myers«, brach Ben das betretene Schweigen und hielt einen Ausdruck in die Höhe, damit jeder das Bild darauf betrachten konnte. Er legte das Blatt auf das Armaturenbrett, schnappte sich eins der beiden Funkgeräte und machte die Tür auf. »Whitman, Emeraldo, wir sehen uns drüben um. Antal, Parker, ihr behaltet den Eingang im Auge. Falls der Flüchtige auftaucht, warnt ihr uns.« Er griff nach dem zweiten Gerät, reichte es Réka und stieg mit Isaac und Matthew aus.

Wann hatte Ben eigentlich das Kommando über die Mission erhalten? Gray sah Isaac an, aber sein Freund stieg ohne das kleinste Augenrollen aus. Also war die Sache tatsächlich abgesprochen.

Dabei kitzelte es Gray genau wie Ben, diesen Myers zu schnappen! Stattdessen musste er Rückendeckung geben wie in Preston Falls. Aber was half es, sich aufzuregen? Er sollte froh sein, dass er überhaupt dabei war.

Er wechselte mit Réka nach vorn, während Ben, Isaac und Matthew zwischen den Zeltreihen verschwanden. Immer mehr Obdachlose trafen ein, Gray glaubte sich zu erinnern, dass es in Seattle rund 6.000 geben sollte. Eine unvorstellbar große Zahl für eine eigentlich wohlhabende …

Der Typ im langen Mantel.

Gray stieß Réka an. Dabei bewegte er sich möglichst wenig, damit der Kerl nicht auf sie aufmerksam wurde. Noch hatte er sie nicht bemerkt. Er zog sich die Kapuze des Pullovers vom Kopf, den er unter dem Mantel trug.

Réka nickte. »Unser Mann.«

Myers hatte einen auffällig langen, gebogenen Hals. Bestimmt war er als Kind zu schnell gewachsen und hatte versucht, das mit einem gekrümmten Rücken zu verbergen. Er war einfach zu identifizieren.

»Flüchtiger nähert sich dem Eingang«, gab Réka durch. »Brauner Mantel, Jeans, weiße Sneakers. Sagt Hallo zu Tyler Myers.«

Statt Ben meldete sich Mr Steel. »Sehr gut, Réka.«

»Gray hat ihn entdeckt«, gestand Réka und erntete einige Sekunden Stille. Als Mr Steel sich wieder meldete, ging er nicht darauf ein. »Benedict, ihr kehrt um und tut, als würdet ihr das Areal verlassen. Sprecht

Tyler erst an, wenn er schon fast vorbei ist. Réka …«, eine kurze, aber hörbare Pause, »… und Grayson, ihr haltet den anderen den Rücken frei. Greift nur ein, wenn es unbedingt nötig sein sollte.«

Gray nickte Réka zu, und sie stiegen aus. Drüben drehte Myers kurz den Kopf in ihre Richtung, lief aber zielstrebig weiter – und stoppte. Er sah zum noch leeren Eingang, dann wirbelte er herum und rannte los.

Ben tauchte auf. Er hielt das Funkgerät so offensichtlich in der Hand, dass Gray es bis hierher sah. Idiot! Myers musste es bemerkt und dann an Bens Reaktion auf sein Zögern erkannt haben, dass etwas nicht in Ordnung war. Zumindest war Ben jetzt so geistesgegenwärtig, dass er nach rechts lief, um ihm den Weg zur Straße abzuschneiden.

Myers schwenkte nach links, Richtung Rangierbahnhof.

»Los!«, rief Gray, aber hinter Réka stieben schon die Steinchen auf.

Als trainierte Läuferin gab sie ein ordentliches Tempo vor. Wenn sie es beibehielt, würde sie Myers kurz vor dem Maschendrahtzaun abfangen.

Oder auch nicht! Der Kerl schlug einen Haken und kam nun direkt auf Gray zu. Gray verlangsamte seine Schritte, um sich für das Aufeinandertreffen zu wappnen – und musste fast aus dem Stand heraus wieder beschleunigen, als Myers erneut die Richtung änderte.

Gray setzte ihm nach. Gleich hatte er ihn! Er streckte den Arm aus, aber Myers flog geradezu an den Zaun, krallte sich mit den Fingern in den Draht und schwang die Beine nach oben, sodass er Gray mit der rechten Ferse fast einen Kinnhaken verpasste. Gray zog den Kopf zurück und musste dann umständlich klettern, statt sich aus vollem Lauf nach oben zu katapultieren wie der Flüchtige. Bis er auf der anderen Seite war, war der Kerl hinter einer Reihe abgestellter Waggons verschwunden.

Große Teile der Gleise lagen im Dunkeln. Die Rufe der anderen schallten durch die Nacht. Gray kamen sie trotzdem nur vor wie das entfernte Plärren eines laufenden Fernsehers. Über das Hämmern seines Herzens in seinem Brustkorb verstand er kein Wort.

Er erreichte die Waggons. Myers würde sich kaum einfach dahinter versteckt haben, oder? Gray ging in die Hocke und beugte sich vor. Nichts. Leise ließ er den angehaltenen Atem entweichen und schloss die Augen, um zu lauschen. Viel mehr als der eigene Herzschlag war da immer noch nicht. Dafür stachen die Gerüche des Bahnhofs umso stärker in seine Nase. Diesel und andere Kraftstoffe, Öl, der Gummi der Schläuche, Teer. Und dann war da noch … das metallische Klirren eines Zauns!

Der Grünstreifen im Westen war zu weit entfernt. In den paar Sekunden, seit Gray ihn aus den Augen verloren hatte, konnte Myers nicht dorthin gelaufen sein. Es blieb nur die Pier im Süden. Allerdings war die eine Sackgasse. Oder war genau das der Plan? Hoffte Myers, dass seine Verfolger in den umliegenden Straßen nach ihm suchten und die Pier vernachlässigten? Er musste nur warten, bis sie abzogen, dann konnte er sich aus dem Staub machen.

Gar nicht mal so dumm.

Gray huschte zum Zaun und überwand ihn so leise wie möglich. Da war der Kerl! Aber Gray durfte sich nicht gleich bemerkbar machen. Entdeckte Myers ihn zu früh, standen ihm noch zu viele Wege für die weitere Flucht offen. Geduckt folgte Gray ihm unter einer Brücke hindurch und über einen Parkplatz hinweg. Immer wieder machte er hinter einer der Betonabsperrungen halt, um nicht zu dicht aufzuschließen.

Myers lief auf das lang gezogene Gebäude einer Fischgesellschaft zu – und drehte sich ohne Vorwarnung um. Gray musste doch ein verräterisches Geräusch verursacht haben. Verdammt! Jetzt war es zu spät, um sich zu verstecken.

»Was willst du von mir?« Tyler Myers klang überraschend jung. Und ängstlich.

Gray hob die Hände, um zu zeigen, dass er unbewaffnet war. Im Gegensatz zu den anderen trug er keinen Taser. Er bemühte sich um eine beruhigende Stimme. »Ich bin im Auftrag von Mr Steel hier. Er hat die Kaution für dich gestellt, erinnerst du dich? Die hätte er gern wieder. Aber leider bist du nicht vor Gericht erschienen.«

Tyler sah sich nach allen Seiten um wie ein in die Enge getriebenes Tier. Dann schien er zu kapieren, dass die Sache gelaufen war. Seine Schultern sackten nach unten. Es wirkte, als würde er insgesamt schrumpfen. Er streckte die Arme in Erwartung der Handschellen aus.

Gray war nicht sicher, ob er sie ihm überhaupt anlegen würde, wenn die anderen ihm welche aus dem Camp mitgebracht hätten. Vielleicht war der Kerl wirklich nur zur falschen Zeit am falschen Ort gewesen? Dummerweise war er vor ein paar Tagen ganz eindeutig *nicht* zur rechten Zeit am rechten Ort gewesen. Damit hatte er sich auf jeden Fall strafbar gemacht.

Gray trat seitlich zu ihm. »Komm, wir gehen zu meinen …«

Tyler winkelte den Arm an und stieß ihm den Ellbogen in den Bauch.

Der Schmerz ließ Gray zusammenklappen. Eine Welle aus Übelkeit schoss seine Speiseröhre nach oben. Trotzdem griff er blind zu und erwischte Tylers Mantel. Tyler zog und zerrte, aber Gray würde einen Teufel tun und loslassen! Gerade hatte er den Kerl noch in Gedanken in Schutz genommen!

Gemeinsam taumelten sie die Pier entlang.

Tyler befreite seinen linken Arm. Er drehte sich und wollte auch den rechten aus dem Mantel ziehen. Er riss ihn zurück. Noch einmal. Kräftiger.

Vorsicht!

Grays Lunge war noch nicht in der Lage, die Warnung auszustoßen. Es wäre auch zu spät gewesen. Tyler zog den Arm derart schnell nach hinten, dass der Schwung ihn mitriss. Seine Füße blieben am fallenden Mantel hängen.

Tyler stolperte nicht, er taumelte nicht, er ruderte nicht einmal mit den Armen. Er war einfach von der einen auf die andere Sekunde über den Rand der Pier verschwunden.

Gray hechtete hin. Vier, fünf Meter unter ihm platschte das aufspritzende Wasser zurück auf die aufgewühlte Oberfläche. Wellen klatschten gegen die Betonmauer.

Wie tief war das Hafenbecken? Wie schnell gewöhnte man sich an den Temperaturschock? Schneller, als die nassen Klamotten einen nach unten zogen?

Tauch auf, verdammt noch mal!

Das Wasser beruhigte sich. Von Tyler keine Spur.

Gray riss sich die Jacke vom Körper. Er schälte sich aus dem Pullover. Schlüpfte aus den Schuhen. Und sprang.

KAPITEL 19

Mittwoch, 14. April, 22:34 Uhr, Pier 90, Seattle

Gray war darauf vorbereitet gewesen, dass das Wasser kalt sein würde. Die eisige Klaue, die ihn umschloss, war dennoch ein Schock. Sein ganzer Körper schrie. Er musste aufpassen, dass er nicht selbst den Mund öffnete und vor Schmerz aufbrüllte. Das waren keine Nadeln, die ihm in die Haut stachen, das waren Messer!

Er brach mit dem Kopf durch die aufgewühlte Oberfläche. Strampelnd holte er Luft, pumpte seine Lunge voll damit und tauchte unter.

Er war kein schlechter Schwimmer, aber Wasser war nicht sein Element. Er fühlte sich nicht wohl darin. Das Wasser schien das zu merken. Anders als im Camp zog es ihn nicht nach unten. Im Gegenteil! Es verhinderte nach Kräften, dass er tiefer kam. Vielleicht wollte es Tyler ja einfach nicht mehr hergeben.

Schwachsinn! Die unmenschliche Kälte ließ ihn blödes Zeug denken. Er musste sich konzentrieren!

Das Wasser verschluckte die letzten Reste des Lichts von der Pier. Dunkelheit umfing Gray. Umso deutlicher spürte er die Bewegung im Hafenbecken. Wie ein riesiges Tier warf es sich hin und her – und damit auch Gray. Es drückte ihn an die Mauer. Scharfe Muscheln, die sich dort festgesetzt hatten, schnitten ihm in die Hände, als er sich abstieß.

Grays Lunge meldete sich. Aber wenn er jetzt auftauchte, war es zu spät für Tyler. Gray drehte sich um die eigene Achse. Die Dunkelheit um ihn herum war vollkommen. Er würde *gar* nichts finden. Wenn Tyler nicht aus eigener Kraft auftauchte, war er verloren.

Grays Hände berührten etwas Weiches. Algen. Oder … einen Pullover! Der Arm darin bewegte sich schlaff im Rhythmus des Wellengangs. Gray erschrak bei der Erinnerung an den Moment im Schwimmbad, als er losgelassen und sich in sein Schicksal ergeben hatte.

Gray tastete sich zu Tylers Schulter vor und schwamm hinter ihn, damit er ihn nicht packen konnte, sollte er plötzlich das Bewusstsein wiedererlangen und panisch werden. Er schob seine Arme unter Tylers hindurch, um ihn mit festem Griff zu halten. Er strampelte mit den Beinen, aber das Wasser schien immer noch etwas dagegen zu haben, dass er sein Opfer mitnahm, und warf sie beide heftiger hin und her.

Ein Teil seines Verstandes wies immer drängender darauf hin, dass niemandem geholfen war, wenn sie beide ertranken. Aber noch sah Gray eine Chance.

Er legte alle Kraft in seine Beinschläge.

Lichter schälten sich aus der Schwärze und begannen einen wilden Tanz vor seinen Augen. Wurde er gleich ohnmächtig? Die hellen Flecken wurden größer, der Umriss von Tylers Hinterkopf und die wie Seegras schwebenden Haare wurden erkennbar, dann brach Gray zum zweiten Mal durch die Oberfläche und sog tief die Luft ein.

»Hilfe!« Hektisch sah er sich nach einer Möglichkeit zum Festhalten um. Er entdeckte eine Anordnung aus Metallstreben. Wahrscheinlich wurden hier die Fender angebracht, wenn ein Schiff anlegte. Die Gummipuffer verhinderten, dass der Rumpf gegen die Wand schrammte und beschädigt wurde. Mit Tyler in den Armen paddelte Gray hin.

»Hilfe!«

Wieder erhielt er keine Antwort. Die Pier war offenbar so leer wie zuvor. Die Arbeiter im Gebäude der Fischgesellschaft konnten ihn auch nicht hören.

Sie mussten dort hinauf. Sofort! Andernfalls erfroren sie. Seine Finger waren schon fast taub.

Er hielt sich mit einer Hand fest und lockerte den

Griff der anderen, um an Tylers Hals nach einem Puls zu tasten.

Nichts.

Mit der nächsten sanften Hebung des Wassers stieg auch eine Welle der Übelkeit in Gray auf. Er schüttelte die Hand aus, um die Kälte daraus zu vertreiben. Wieder legte er Zeige- und Mittelfinger dorthin, wo er Tylers Hauptschlagader vermutete.

Poch. Pochpoch.

Tylers Herz schlug!

Gray achtete darauf, dass Tyler ihm nicht wegrutschte, und klatschte ihm auf die Wange. »Aufwachen!«

Keine Reaktion.

Gray verpasste ihm eine festere Ohrfeige. Ein Zucken lief durch Tylers Körper. Er schüttelte sich – und zappelte plötzlich wie ein Fisch im Netz. »W…w… WAS?«

Gray wartete, bis er sich orientiert hatte. Dann deutete er nach oben. »Wir müssen raus aus dem Wasser.«

Tyler nickte. Die Umstände, warum sie beide eng umklammert im Hafenbecken schlotterten, konnten sie später besprechen. Das schien auch er zu verstehen. Stöhnend und ächzend zog er sich an einer mit Muscheln und Seetang bestückten Verstrebung nach oben. Seine Kleider hoben sich aus dem Wasser und hingen traurig an ihm herab. Dicke Tropfen prasselten von ihnen wie Regen auf Gray nieder.

»W-w-weiter!«, trieb er Tyler an. Das Zähneklappern konnte er nicht mehr kontrollieren.

Stück für Stück arbeiteten sie sich in die Höhe. Wellen aus Schmerz brandeten von Grays Fingern und Händen durch seinen Körper. Jeder Griff, den er lösen und neu ansetzen musste, war eine Tortur. Nur mit absoluter Willenskraft gelang es ihm, hinter Tyler der rettenden Kante entgegenzusteigen.

Endlich!

Tyler warf sich mit einem klatschenden Geräusch auf den Asphalt. Gray folgte ihm. Ihre Füße baumelten noch über dem Abgrund.

»U-und jetzt?« Tylers Zähne schlugen heftig aufeinander. »L-l-lieferst du mich d-den Cops aus?«

Wieso sollte Gray lügen? Tyler schien ein schlauer Kerl zu sein. »Du bist nicht zur Verhandlung erschienen.«

Tyler stieß ein bitteres Lachen aus. »Der Richter glaubt mir sowieso nicht.«

»Deine Geschichte …«, setzte Gray an, aber Tyler unterbrach ihn. Er rollte sich auf die Seite, damit er Gray ansehen konnte: »Ich bin *wirklich* nur zufällig mit den anderen in den Laden gegangen.«

»Blöder Zufall«, meinte Gray.

Tyler betrachtete ihn. Und wich seinem Blick dann aus. »Okay, es war …«, er stockte, schien allen Mut zusammenzunehmen und sprach weiter: »Ich kannte einen der Typen. Derek Brew. Haben uns gut verstanden auf der Middle School.« Er lächelte zaghaft. »In Mathe hatte Derek es echt drauf! Hat mich immer abschreiben lassen. Ihm habe ich meine beste Note bei Mr Woodfield zu verdanken.«

Ein heftiges Schütteln durchfuhr ihn. Gray ging es ähnlich. Sie waren zwar aus dem Wasser, aber der Wind ließ sie weiter auskühlen. Sie mussten sich bewegen, wenn sie nicht doch noch erfrieren wollten.

»Wir haben uns aus den Augen verloren«, fuhr Tyler ungeachtet dieser Umstände mit leiser Stimme fort. »Und dann sehe ich ihn an dem Abend auf der anderen Straßenseite. Ich rufe ihn, aber er hört mich nicht. Ich gehe also zu ihm rüber. In dem Moment stürmen seine Kumpel in den Laden. Ich folge Derek, aber da geht die Schreierei schon los, und der Besitzer steht plötzlich mit einem Baseballschläger vor mir.«

Die Geschichte hörte sich immer noch nach Märchenstunde an. Aber die beste Note bei Mr Woodfield? Die Sache war zu leicht zu überprüfen.

»Warum hast du das nicht zu Protokoll gegeben?«, fragte Gray. In seinem Hinterkopf hörte er Bens Stimme: *Nicht unsere Aufgabe.* Trotzdem interessierte ihn die Antwort.

»Derek war okay«, sagte Tyler. Auch er schien jetzt zu merken, dass sie noch nicht gerettet waren. Er rollte sich weiter herum und kam auf die Beine. Wankend stand er über Gray. »Ich wollte ihn nicht verraten. Nicht, bevor ich mit ihm gesprochen habe.«

Die Augenbewegung war minimal, aber Gray fiel sie auf. Tyler hatte zum Bahnhof und der Autowaschanlage geschaut. Richtung Zeltareal.

»Derek ist obdachlos?«

»Mhm. Hat schon früher Ärger mit seinen Eltern gehabt. Dann hat er sich auch noch mit den falschen Leuten eingelassen, und er ist von zu Hause weg. Er taucht wohl hin und wieder da drüben auf. Deshalb komme ich jeden Abend und schaue, ob ich ihn antreffe. Ich will mit ihm reden, damit er sich stellt. Das würde eine mildere Strafe für ihn bedeuten, als wenn ich ihn verpfeife. Nicht nur für den versuchten Überfall. Ich hab gehört, dass er auch andere Dinger dreht. Hilfsjobs bei größeren Sachen.«

»Ein spätes Danke für die beste Note bei Mr Woodfield.«

»Kann man so sagen.«

Es war verrückt, aber Gray glaubte ihm. Allerdings änderte das nichts, oder? Tyler hatte spätestens dann gegen das Gesetz verstoßen, als er nicht zur Verhandlung erschienen war. Das schien auch ihm wieder bewusst zu werden. Schwankend entfernte er sich.

»Tyler!« Gray hörte selbst, wie wenig Überzeugung in seiner Stimme lag.

Tyler stakste zitternd weiter.

Gray konnte ihn noch aufhalten. Er konnte ihm nachrobben und ihn am Bein packen. Wäre ihm nur nicht so unendlich kalt! Am liebsten hätte er sich eingerollt und eine Runde geschlafen, um wieder zu Kräften zu kommen.

»Hey!«, rief Tyler. Er hatte den Kopf gedreht und sah zu Gray zurück. »Nicht einpennen, klar? Steh auf!«

Er nickte Gray noch einmal zu. Als hätten sie eine geheime Abmachung getroffen. Dann wandte er sich um und trottete davon. Innerhalb von wenigen Sekunden war er verschwunden.

Ächzend kam Gray auf die Knie. Wieso hatte er nicht gehandelt, als er noch die Möglichkeit gehabt hatte? Wirklich nur, weil er so erschöpft war?

Die Antwort auf diese Frage würde er sich später geben müssen. Jetzt musste er ins Warme kommen. Schnell!

Er stemmte sich hoch. Es waren rund zweihundert Meter bis zum Zaun. Das war zu schaffen. Dann über das Gelände des Bahnhofs und noch einmal über den Zaun zum Parkplatz. Irgendwo dort würde er den anderen begegnen. Sie konnten ihm zu Coopers Wagen helfen. Und dort die Heizung ordentlich aufdrehen.

In diesem Moment rollte der Firebird an ihm vorbei.

Im letzten Moment schien Ben Gray zu sehen. Er fuhr heran und stoppte einen Meter vor Gray wie auf der Schotterpiste im Wald. Die Beifahrertür schwang auf. Statt Isaac sprang Réka aus dem Wagen.

»Was ist da los, Antal?«, drang Mr Steels knisternde Stimme aus dem Inneren, aber Réka war schon bei Gray und umarmte ihn so stürmisch, dass er beinahe wieder ins Becken gefallen wäre.

»Antal? Kramer? Team Ghost? Ich will einen Bericht, sofort!«

KAPITEL 20

Mittwoch, 14. April, 22:34 Uhr, Pier 57, Central Waterfront, Seattle

»Mr Franklin.«

Den Mann, der gerade noch am Geländer gelehnt und wie Asher knapp drei Stunden zuvor auf die jetzt dunkle Bucht hinausgeschaut hatte, hatte er gar nicht auf dem Schirm gehabt. Jetzt stand er keinen halben Meter vor ihm.

Trotz der Kälte war der Steg noch gut besucht. Pärchen schoben sich an Asher und dem Mann vorbei. Und da waren weitere Männer, die Asher erst jetzt auffielen. Sie bildeten einen lockeren Kreis um ihn. Er zählte sechs, alle zwischen dreißig und vierzig Jahre alt, nur zwei durften ungefähr in seinem Alter sein. Sie waren *leger* gekleidet, französisch ausgesprochen: *leschär*. Jeans, Stiefel oder Turnschuhe, Jacken, wie man sie in jedem Laden fand. Unauffällig. Sie hätten eine Bürogemeinschaft oder ein paar Freunde sein können, die nach Feierabend um die Häuser zogen.

Aber was hatte er denn erwartet? Typen in Bikeroutfit mit Vollbärten und seltsamen Frisuren? Im Gesicht tätowierte Muskelberge, denen das Wort *kriminell* auf die Stirn geschrieben stand? In der Strafanstalt hatte es ein paar davon gegeben, sicher. Aber Asher drohte nach wie vor selbst ein Gefängnisaufenthalt, und wer ihn betrachtete, sah in erster Linie einen Durchschnittsamerikaner und fertig. Die meisten fragten sich wahrscheinlich, ob er überhaupt schon volljährig war. Er war der Kerl, dem man nichts Großes zutraute.

Vor dem Jugendrichter war das von Vorteil. Hier nicht. Der Mann, der ihn angesprochen hatte, betrachtete ihn abschätzend.

Asher überwand seine Überraschung. »Zwei Stunden, hat The Voi... unser gemeinsamer Auftraggeber gesagt.« Er bemühte sich um einen vorwurfsvollen Ton, obwohl sein Gegenüber einen halben Kopf größer und bestimmt zwanzig Kilogramm schwerer war als er. Er sollte merken, wer das Kommando bei der Aktion hatte. »Sie ... Ihr seid spät.«

In den Augen seines Gegenübers zeigte sich für den Bruchteil einer Sekunde kalte Berechnung. Asher fröstelte wie bei seinen Telefonaten mit der Stimme. Dann blinzelte der Kerl und schien plötzlich wie verwandelt.

Er grinste Asher an wie ein netter Nachbar, den er zufällig in der Stadt getroffen hatte.

»Der Verkehr. Selbst um die Uhrzeit. Schrecklich.« Er nickte an Asher vorbei zum Great Wheel. »Nette Idee. Schon oben gewesen?«

Asher nickte. »Heute? Zwei Mal. Ich warte ja wie gesagt schon seit …«

»Na dann! Aller guten Dinge sind drei! Lasst uns Spaß haben, Leute!«

Die Männer nahmen Asher in ihre Mitte. Asher hatte grundsätzlich nichts gegen körperliche Nähe. Sie konnte freundlich gemeint sein. Vertrauen schaffen. Oder aber einschüchternd wirken.

Asher entschied, sich nicht auf das Spiel einzulassen. Er trat einen Schritt zur Seite, damit er vor einem der beiden Jüngeren zum Stehen kam. Von ihm erwartete Asher am wenigsten, dass er ihn einfach weiterschob.

»Wir haben das Treffen nicht zum Vergnügen angesetzt.« Asher fasste The Voice und sich mit Absicht zu einem *Wir* zusammen. Ein kleiner psychologischer Trick, mit dem er auf seine Stellung bei der Sache hinwies. The Voice mochte von einem *Vertrauten* gesprochen haben, bei dem es sich zweifellos um den ersten Mann handelte. Aber diesen Teil ihrer kleinen Unternehmung leitete Asher. »Ihr seid hier, damit ich euch über den Ablauf informiere, sobald die *Symphony …*«

»Scht!« Der Mann, der ihn angesprochen hatte, legte sich den Zeigefinger auf die Lippen. Als verbiete er einem kleinen Kind den Mund. Er grinste, aber das Grinsen war so brüchig wie die gute Laune von The Voice zum Ende des Telefonats hin. »Wir wollen doch nicht, dass unser Vorhaben auf die falschen Ohren trifft.« Er wartete, bis Asher ihm innerlich recht geben konnte, dann wechselte er wieder zum nachbarschaftlichen Ton. Er legte Asher sogar den Arm um die Schultern. »Nein, ernsthaft. Tolle Idee das Riesenrad. Da oben hört uns niemand. Wäre ich nicht draufgekommen. Aber du hast was in der Birne, Asher. Ich darf dich doch so nennen?«

Asher nickte. Ihm war vollkommen klar, dass auch der Mann einen Trick benutzte, indem er ihm schmeichelte. Dummerweise tat das Lob zu gut, um es zu ignorieren.

»Und du bist?«, wollte Asher wissen.

Der Mann schien ernsthaft über die Frage nachzudenken. Dann setzte er wieder sein Wir-sind-beste-Freunde-Lächeln auf. »Ach, weißt du, Asher. Ich glaube, unserem *gemeinsamen Auftraggeber* wäre es lieber, wenn vorerst nur wir deinen Namen kennen und nicht umgekehrt. Nimm es nicht persönlich, ja?«

Doch, das tat er. Immerhin trug er einige Verantwortung. Die seltsame Vorsichtsmaßnahme zeigte aber nur noch einmal, dass Asher den vertraulichen Umgang des gerade freundlichen Manns nicht zu ernst nehmen durfte.

Mr Nice Guy? Als Name zu umständlich. Dann eben einfach nur *Guy*, der Kerl.

Asher wartete schweigend, bis Guy die Tickets gelöst hatte. In der nächsten Runde stiegen Asher und er mit den übrigen Männern in eine der Gondeln, in die jeweils acht Personen passten. Sanft fuhr das Riesenrad an.

Guy öffnete den Mund, aber Asher kam ihm zuvor. Er musste das Ruder wieder in die Hand nehmen. »Die *Symphony* wird am Freitag einlaufen und an einem Liegeplatz am Terminal 108 festmachen. An diesem Tag allein legen drei weitere Schiffe an, auf denen *Landolf's Import* Ware hat. Mein Kontakt auf einem davon wird die Hafenbehörde etwas länger in Beschlag nehmen als gewohnt. In dieser Zeit werden wir unseren Teil der Ladung von der *Symphony* löschen und zu einer Halle bringen. Morgen werden wir uns dort ein wenig umschauen, aber ich bin mir sicher, dass sie für unsere Zwecke perfekt ist. Am Freitag benötigen wir dann etliche Hände, um schnellstmöglich abzuladen.« Er sah sich um. »Gut wären noch zwei weitere Männer, denke ich. Sie müssen anpacken können, ohne etwas kaputt zu machen.«

Guy nickte mit konzentrierter Miene. Er schien endlich zu akzeptieren, dass Asher sich nicht herumkommandieren ließ, sondern selbst Forderungen stellte. Gut so. Asher war wieder auf Kurs. Er fuhr fort und forderte mit seinem Blick die Aufmerksamkeit der Männer ein. Sie sollten aufpassen. Asher hasste es, sich zu wiederholen.

KAPITEL 21

Mittwoch, 14. April, 23:58 Uhr, Großer Platz, Camp Painmore

»Noch mal von vorn.« Der Schein der Strahler ließ Maxwell Steels Augen so grün schimmern wie zwei Leuchtdioden an einem technischen Gerät. Einem Lügendetektor beispielsweise, der jeden Schwindler entlarvte. Er fixierte Gray. »Du hast Tyler Myers quer über den Bahnhof verfolgt. Du wolltest umkehren, als du ihn verloren hast, hattest dann aber den Verdacht, dass er dich nur zum Grünstreifen locken wollte, während er sich in Wahrheit an der Pier versteckte. Du bist hin, und dort ist dann *was* passiert?«

Gray log nicht gern. Mit Mr Steels bohrendem Blick auf sich fiel es ihm doppelt schwer. Er musste haargenau bei dem bleiben, was er auf der Rückfahrt per Funk durchgegeben hatte. Zuvor hatte er von Réka noch erfahren, dass die anderen während der Aktion in ständigem Kontakt mit Mr Steel gestanden hatten. Als Gray Richtung Pier gelaufen war, hatte Steel das Team zu seiner Unterstützung mit dem Wagen hingelotst. Das hatte länger gedauert als gedacht. Letzten Endes waren sie aber genau zum richtigen Zeitpunkt gekommen, oder?

Gray räusperte sich. »Ich war unvorsichtig und muss über was gestolpert sein. Dabei bin ich ins Hafenbecken gefallen. Zum Glück konnte ich selbst wieder nach oben klettern. In dem Moment kamen schon die anderen. Tyl… ähm, Myers war leider nicht da. Ich habe mich wohl getäuscht.«

Mr Steel betrachtete ihn lange. Zu lange?

»Ockhams Skalpell«, sagte er schließlich. »Schon mal davon gehört, Grayson? Die anderen? Nein? Dann helfe ich euch. Wilhelm von Ockham war ein mittelalterlicher Philosoph und Theologe aus England. Er hat dargelegt, dass bei einer Frage oder einem Problem die Lösung mit den wenigsten Variablen die wahrscheinlichste ist.«

Skalpell, Variable. Gray verstand rein gar nichts. Eins war aber klar: Mr Steel glaubte ihm kein Wort. Genau wie Major Bishop wegen der Lüge bei Grays Eintreffen im Camp.

Gray senkte den Kopf. Aus den Augenwinkeln sah er, dass Isaac es ihm gleichtat. Ein perfekter Zugriff. So viel dazu.

Die Stimme seines Dads meldete sich in seinem Kopf: *Wenn man Mist baut, muss man dafür auch geradestehen.* Das hatte Gray vor – auch wenn sich damit alles veränderte. Er würde Ms Robinson in der nächsten Woche doch um die Adressen der Schulen mit den Stipendienprogrammen bitten müssen; er würde die Seaside verlassen; Isaac und er würden sich seltener sehen. Vor allem diese Vorstellung schien Grays Herz mit Beton zu füllen, das schlagartig aushärtete und ihn nach unten zog. Er musste aufpassen, dass seine Beine nicht nachgaben und er nicht in die Knie ging. Auch die anderen schienen zu spüren, dass etwas Wichtiges bevorstand. Sie schwiegen betreten. Wie die Angehörigen auf einer Trauerfeier, kurz bevor der Sarg in die Erde gelassen wurde.

»Ich übernehme die volle Verant…«, setzte Gray an.

»Mitkommen! Alle!« Mr Steel wandte sich um und schritt gemeinsam mit dem Major stramm aus.

»Wir müssen…«, flüsterte Réka von der Seite.

Gray schüttelte den Kopf. »Ihr müsst gar nichts.« Abgesehen davon, dass sie ihn im Wald aufgesammelt hatten, hatten sie sich korrekt verhalten. Sie hatten nichts zu befürchten. Zumindest hoffte er das.

Eine Hand legte sich auf seine Schulter. Ben. »Ich will ja nicht sagen, dass ich es euch gesagt habe, aber…« Er ließ den Satz unvollendet. Wirklich übel nehmen konnte Gray ihm den Kommentar nicht.

»… aber wie du dem Kerl nachgerannt bist«, fuhr Ben fort und knetete Grays Schulter, als wolle er sie zu Teig verarbeiten. »Respekt. Den Mumm hätte ich dir gar nicht zugetraut.« Damit schien sein Jahresvorrat an Lob erschöpft zu sein. Er setzte sich auf Coopers Räuspern hin in Bewegung. »Beeilung, Team Ghost! Der Major und Mr Steel warten nicht gern.«

Gray nickte den anderen zu. Gemeinsam folgten sie den Erwachsenen zur Sporthalle. Sie traten ein. Der vertraute Geruch umfing sie. Das Aroma nach Fisch, Algen und Öl, das Gray verströmte, konnte er jedoch nicht ganz überdecken. Gray hatte sich zwar noch auf dem Parkplatz in Seattle aus den nassen Klamotten geschält und trockene aus dem Rucksack geholt, aber der Hafengestank klebte nach wie vor an ihm.

Cooper lotste sie an den Umkleiden vorbei in die Schwimmhalle. Wie vor ein paar Tagen lief die Heizung auf Hochtouren. Mr Steel bezog mit Major Bishop Stellung beim Sprungturm. Sie warteten, bis Gray und das Team Ghost sich vor ihnen aufgereiht hatten. Und nun? Wollten sie Gray vorhalten, dass sie schon nach seinem unfreiwilligen Tauchgang geahnt hatten, dass er nichts taugte? Er war zu müde, um sich wieder und wieder zu rechtfertigen. Konnten sie es nicht einfach hinter sich bringen?

»Ockhams Skalpell«, wiederholte Mr Steel. »Wenn es so aussieht, als würde ein Flüchtiger zum Grünstreifen laufen, dann ist es in nahezu hundert Prozent der Fälle so, dass er genau dorthin rennt. Dein taktischer Sinn hat dir das wahrscheinlich auch gesagt, Grayson, oder nicht? Aber dann hat dein Kopf übernommen. Er hat sich ein *Wenn* nach dem anderen ausgedacht. Eine Variable und noch eine. Und du bist in die Falle getappt.«

Das traf es in diesem Fall nicht ganz. Aber es erinnerte Gray an den Probezugriff in Preston Falls. Er hatte nach vorn laufen wollen, dann aber über diese blöde Tür nachgedacht und sich selbst verunsichert.

»Das darf dir nicht mehr passieren, Grayson. Vertrau auf deinen Instinkt. Team Ghost braucht das. Es braucht dich.«

»Team Ghost… Ich… Ich bin… dabei?«, stotterte Gray. Er hatte die Worte verstanden, glauben konnte er sie nicht.

»Du bist im Team, ja«, bestätigte Mr Steel. »Nicht das Ergebnis hat mich überzeugt, sondern euer Einsatz. Euer *gemeinsamer* Einsatz.« Er nickte in Isaacs, Rékas und Bens Richtung. »Bedank dich bei deinen Freunden, Grayson. Sie haben schneller erkannt als ich, dass das Team nur mit dir funktioniert. Es war voreilig von mir, dich wegzuschicken. Das tut mir leid«

Neben Gray stieß Isaac eine Faust in die Luft. »Ja, Mann!«, rief er, dass es von den Wänden und der Decke hallte. Am anderen Ende der Reihe fing Matthew an, zu applaudieren. Réka stimmte mit ein. Ihr Lachen gesellte sich zu Isaacs Jubelrufen. Das Stück vom Pazifik in ihrem linken Auge schien besonders hell zu strahlen, aber wahrscheinlich spiegelte es nur das still im Becken liegende Wasser wider.

Sogar Ben klatschte zwei, drei Mal, schaute Mr Steel aber eindeutig verwirrt an.

»Es besteht immer das Risiko«, führte der weiter aus, »einen Flüchtigen nicht dort vorzufinden, wo man ihn vermutet. Ihn knapp zu verpassen. Ihn laufen lassen zu müssen, weil man sonst sich, andere oder sogar die flüchtige Person selbst in zu große Gefahr bringen würde.« Er zögerte. Hatte er Grays Reaktion auf den letzten Satz bemerkt? Nein. Sein Blick klärte sich, und darin lag fast so etwas wie… Stolz? Gray fühlte sich an seinen Dad erinnert, obwohl Mr Steel nicht unterschiedlicher hätte sein können. Der Reihe nach sah Mr Steel alle an. Wie Gray drückten die anderen die Rücken durch und richteten sich förmlich auf.

»Euch wird noch öfter jemand durch die Lappen gehen. Was tun Bounty Hunters dann? Sie stehen auf, wischen sich den Dreck vom Hosenboden und machen weiter. Der nächste Flüchtige wartet schon. Und das meine ich wörtlich. Gerade werten wir einige Informationen aus. Vielleicht wäre er von Anfang an die richtige Zielperson für euren ersten Auftrag gewesen. Nicht gleich eine Verhaftung, sondern nur eine sanfte Erinnerung an die aufgestellten Regeln. Nun ja. In ein, zwei Tagen wird es so weit sein. Scott wird euch bis dahin weiter trainieren. Härter. Schließlich seid ihr keine Kinder mehr.« Er schmunzelte. »Allerdings dürft ihr heute noch welche sein. Oder Teenager. Und was kriegen die, wenn sie sich in eine Aufgabe reingehängt haben, egal, wie es ausgegangen ist?«

»Eine Belohnung?« Isaac klang vorsichtig. Als vermute er eine Fangfrage.

Mr Steel lachte dröhnend. »Etwas in der Art, ja. Cooper?«

Hinter ihnen knallte es wie vor fünf Tagen, als Phil seinen Rucksack auf den Boden geschleudert hatte. Cooper stand breitbeinig da, vor sich eine Tasche auf den Fliesen, aus der unter anderem Isaacs geblümter Albtraum von Bermudashorts schaute. Er wandte sich an Réka: »Dein Badeanzug wird gleich von einer Kollegin gebracht.«

In Ordnung. Und was sollte das Ganze?

Mr Steel breitete die Arme aus. Die Geste war so überraschend wie das Achselzucken. Sie schien nicht zu ihm zu passen. Genauso wenig wie das, was er mit breitem Grinsen sagte: »Poolparty!«

Die Spots in der hohen Decke erloschen auf dieses offenbar abgesprochene Kommando hin. Dafür flammten bunte LEDs auf und verwandelten die zuvor nüchterne Halle in ein tropisch anmutendes Setting. Und war das …?

»Musik!«, rief Matthew. Aus den Lautsprechern in der Hallendecke setzte ein bekanntes Gitarrenriff ein. Nach wenigen Takten gesellte sich ein Schlagzeug hinzu. Eine kratzige Stimme folgte. »*Smells like Teen Spirit!* Yes!«

»Erics Playlist«, rief Mr Steel beinahe entschuldigend über den Lärm hinweg. Er klopfte dem Major auf den Rücken. Bishop schüttelte den Kopf, bewahrte aber Haltung. Es brauchte wohl etwas mehr als Nirvana, um ihn aus der Reserve zu locken.

»Wie sieht es mit Getränken aus?« Matthew schien keinen Gedanken daran zu verschwenden, ob er den Bogen mit seiner Frage überspannte. »Die gehören zu einer richtigen Party dazu. Und Süßes?«

Mr Steel sah den Major fragend an. Dessen Fassade bröckelte. Seufzend schüttelte er den Kopf. Doch das leichte Lächeln um seine Mundwinkel entging Gray nicht. »Cooper? Sieh nach, was die Kantine erübrigen kann. Falls nicht, schmeiß ein paar Marines aus den Betten. Die haben immer Knabberzeug in ihren Zimmern gebunkert und glauben, ich weiß nichts davon.«

Cooper salutierte locker, dann trabte er davon.

Matthew wiegte sich im Rhythmus des Songs hin und her und sang lautstark mit. Zwischendurch schüttelte er die kurzen Haare. Als hätte er eine Mähne bis zum Allerwertesten! Immerhin steckte er Réka an. Sogar Ben schien nichts gegen eine Tanzeinlage zu haben.

Isaac lief derweil zur Tasche, die Cooper gebracht hatte, und fischte sich seine Bermudas heraus.

Gray sah zum Sprungturm. Wie hoch hatte er ihn geschätzt? Zwanzig, fünfundzwanzig Meter? Tja, er würde es gleich herausfinden.

»Wer als Letzter springt, ist ein lahmer Pinguin!« Er streifte den Rucksack ab, den er immer noch aufhatte, und kramte darin nach seiner Badehose.

KAPITEL 22

Freitag, 16. April, 10:47 Uhr, Übungsgelände, Camp Painmore

Es geht mir gut. Das hatte Gray seinem Dad vor gerade einmal einer Stunde am Telefon gesagt. Dabei hatte er vor allem an die Party vorgestern gedacht. Bis drei Uhr in der Nacht hatten sie gefeiert! Der Donnerstag war trotz Mr Steels Warnung, dass der Major sie nun härter ausbilden würde, entspannt verlaufen.

Jetzt sah die Sache schon anders aus.

Gray blinzelte sich den Schweiß aus den Augen. Ihn wegzuwischen, wagte er nicht. Er wollte sich später nicht anhören müssen, dass die Zielperson ausgerechnet in dem Drittel aufgetaucht war, für das er zuständig war.

Eine Hand klopfte ihm auf das Rückenteil seiner Schutzweste. Gray rückte vor.

Trotz des blauen Himmels draußen herrschte in dem

Raum, in den er trat, nur ein diffuses Dämmerlicht. Der Strom war wohl abgeschaltet. Außerdem hatte jemand die Fenster mit Zeitungspapier verklebt.

Und dann war da noch der Rauch.

Wie eine zähe Flüssigkeit floss er aus den Lüftungsschlitzen an der Decke, sank träge zu Boden und bildete dort einen grauen See, in den durch Grays Eintreten Bewegung kam. Als schwimme ein Hai unter der Oberfläche und warte nur auf den richtigen Moment.

Gray richtete den Taser schräg nach unten. Vorsichtig setzte er mit der Ferse auf und rollte den Fuß nach vorn ab, wie Cooper es ihm gezeigt hatte.

In seinem rechten Sichtfeld schob sich dessen Gewehr nach vorn. Dass es wie bei den übrigen Männern im Gebäude nur mit Gummigeschossen geladen war, änderte nichts an Grays ungutem Gefühl. Waffen blieben Waffen.

Auf der anderen Seite sicherte der Marine, der sie vor wenigen Tagen beim Parcours noch angepfiffen hatte, das verbleibende Drittel. In einer geübten Bewegung schwenkte er sein Gewehr von rechts nach links und von oben nach unten.

Gray blinzelte einen weiteren Schweißtropfen weg, bevor er ihm ins Auge lief.

Mal sehen, was sie vor sich hatten.

Ein Tisch, ein umgeworfener Stuhl, abblätternde Tapete an der Wand, eine von der Decke baumelnde tote Leuchtstoffröhre. Das Drittel war… Gray verschluckte das *Sauber!* und betrachtete noch einmal den Stuhl. Etwas stimmte nicht mit der Richtung, in die das alte Plastikding gefallen war. Als wäre jemand daraus aufgesprungen und geradewegs gegen die Wand gelaufen.

»Tür!« Mit einer Hand wies er nach vorn. Hatte man sie einmal gesehen, traten ihre Umrisse in der Tapete deutlich hervor.

»Sehr gut.« Cooper bezog rechts davon Stellung. Er legte die flache Hand darauf und drückte. Nichts. Was auch sonst? Gray hätte es wissen müssen, als sie diesen *theoretischen Fall* vor der Übung besprochen hatten! Sein Herzschlag beschleunigte sich, als er dem Marine zunickte. »Öffnen.«

Der Soldat ging in die Hocke und holte mehrere kleine Pakete aus den aufgesetzten Taschen seiner Weste. Nur ein Trottel würde sie für Kaugummi oder Knetmasse halten. Mit geübten Bewegungen platzierte er den Sprengstoff an den verborgenen Scharnieren, stattete ihn mit Zündern aus und verband alle Päckchen mit Kabeln. Dann bedeutete er Gray, bei Cooper in Deckung zu gehen. Er hob die Finger und zählte mit ihnen abwärts.

Drei. Zwei. Eins.

Ein ohrenbetäubender Knall, und die Tür flog nach innen weg.

»Los!«

Gray stürmte mit angehaltenem Atem durch den von der Explosion aufgewirbelten Staub. Mittleres Drittel! Um die Bereiche rechts und links würden sich Cooper und der Marine kümmern.

Im Hinterzimmer war es fast vollständig dunkel. Nur das schwache Licht, das durch die Türöffnung fiel, ließ Gray den Rentner mit dem Krückstock erkennen. Die Frau mit der Einkaufstasche stand neben ihm. Und da war die Familie, unter die sich ein Verbrecher … Mist!

Gray riss die ausgestreckten Arme zurück nach links und drückte ab. Die Elektroden seines Tasers schossen heraus und bohrten sich in das Bild der Frau. Das Gerät knatterte los. Anders als Phil blieb die Figur stehen. Sie hielt auch weiterhin das gezeichnete Messer in der Hand, das sie auf den alten Mann neben sich gerichtet hatte.

Es gab verschiedene Versionen der Pappkameraden!

Eigentlich war das logisch. Die Übenden sollten stets wachsam bleiben. Sie sollten sich nicht auf das verlassen, was sie zu wissen glaubten. Fast wäre Gray darauf hereingefallen.

»Auftrag erfolgreich ausgeführt«, gab Cooper per Funk an die restlichen Dreierteams durch, die im Haus unterwegs waren. »Glückwunsch, Teamleader.« Mit breitem Grinsen nahm er sich den Helm vom Kopf, klatschte Gray auf die Schulter und wandte sich an den Marine. »Danke, Bruder. Schöne Übung.«

In Grays Magen bildete sich ein Klumpen. Er konnte den Adrenalinkick nicht leugnen. Aber er tickte doch deutlich anders als Cooper. Oder Ben. Dem hatte die Freude über das heutige Training mit *echten* Soldaten ins Gesicht geschrieben gestanden.

»Kommst du, Kumpel?« Cooper winkte ihm von der aufgesprengten Tür aus zu. Gemeinsam verließen sie das Hinterzimmer und steuerten durch den Vorraum den Flur an. Dort trafen sie auf Isaac und sein Team.

»Gute Arbeit, Alter«, meinte sein Freund und nestelte an der schweren Weste herum. Der Schweiß lief ihm in Strömen unter dem Helm hervor. Gray war wohl nicht der Einzige, der sich darauf freute, das Zeug loszuwerden.

Sie gingen zum Treppenhaus und stiefelten zwei Etagen weiter unten durch eine mit Mauerbrocken und anderem Schutt übersäte Eingangshalle. Auf einem Empfangstresen stand ein unhandlicher Kasten von Monitor, wie Gray ihn nur aus Filmen über die frühen Neunziger kannte. Draußen trieben einzelne Wolken über einen Himmel, der sich um das Titelbild für einen Hochglanzprospekt über die Bergwelt Washingtons bewarb. In der Ferne ragten die noch schneebedeckten Gipfel auf.

Gray schnupperte. Zog der Rauch aus dem Gebäude? Er konnte über die Lüftungsanlage darin verteilt werden, um die Einsätze schwieriger zu gestalten. Aber der hier roch anders, oder? Auch Matthew, Réka und Ben, die aus anderen Eingängen kamen und sich zu ihm und Isaac gesellten, schienen ihn zu bemerken.

Gray sah sich um.

Wenige Meter neben dem Ruhebereich bei den Containern werkelte Major Bishop hinter einem riesigen Holzkohlegrill herum. Mit einer Zange hob er ein gewaltiges Steak von einer Platte und warf es auf den Rost. Das Zischen und Brutzeln des Fleischs schien Coopers Aussage über ihn zu unterstreichen: *Auf den ersten Blick grimmig, aber mehr als in Ordnung.* Dazu trug sicher auch die Grillschürze bei, um die er seine Uniform ergänzt hatte.

»Sehr passend«, meinte Réka mit Blick auf den Anzug von Captain America, der auf die Schürzenvorderseite gedruckt war.

Ben steuerte einen Sessel unter dem Netz an, ließ sich hineinfallen und verschränkte zufrieden die Hände hinter dem Kopf. Matthew warf sich mit Anlauf auf das Sofa, sank mehrere Zentimeter tief ins löchrige Polster – und wurde von den überraschend starken Federn wieder heruntergeschleudert. Er sprang vom Boden und verbeugte sich vor den eintreffenden Marines. Als hätte er die Einlage genau so geplant.

»An was denkst du?«, fragte Réka.

Gray zuckte die Achseln. So einfach war das nicht. Ben, der sich mit den Soldaten unterhielt, als wäre er einer von ihnen. Oder als wünsche er sich genau das. Die Übung. Seine Gedanken über den Kick, die sie ihm beschert hatte. Die Abneigung, die er dennoch verspürte. Die ganze Kopfgeldjägersache.

Réka wartete fünf Sekunden, dann ging sie weiter.

Es wird sich wie von selbst ein Gespräch ergeben …

Trottel!

»Was ist mir dir?« Schnell holte Gray sie ein. »Ich meine, warum hast du Steels Angebot angenommen?«

Réka schlenderte mit nachdenklich gesenktem Kopf am improvisierten Grillplatz vorbei. »Es ist eine Möglichkeit, mal jemand anderes zu sein.« Ihre Stimme war so scheu wie das Stück Pazifik in ihrem Auge. Es zeigte sich kaum. Réka atmete tief durch und sprach lauter. »Der Fünfkampf. Ich bin gut darin. Sehr gut sogar.«

»Olympia ruft, ich weiß.«

»Siehst du? Genau darum geht es! Ich habe damit angefangen, weil mir die Vielseitigkeit gefällt! Jede einzelne Sportart im Fünfkampf verlangt dir etwas ab. Es macht Spaß, sich dem zu stellen und …« Ihre Begeisterung fiel in sich zusammen. Sie zuckte ratlos mit den Schultern. »Jetzt ist es manchmal wie eine Arbeit, die ich bestmöglich zur Zufriedenheit aller abliefern soll.«

»Dann hör damit auf.«

Sie stieß ein trockenes Lachen aus. »Ich habe nicht gesagt, dass ich gar keinen Spaß mehr daran habe. Olympia ist nach wie vor mein Traum. Ich *will* gewinnen. Das Gen haben wohl alle Sportlerinnen und Sportler. Außerdem hängt zu viel dran. Meine Eltern, die Sponsoren, das Nationale Olympische Komitee. Aber hier kann ich …«, sie seufzte, »… na ja, wie gesagt, es ist mal was anderes. *Ich* bin mal wer anders.«

»Nimmst du es ernst?« Die Frage drängte sich auf.

»Mach ich, klar.« Die Antwort kam so schnell, dass sie die Aussage Lügen strafte. Rékas Grinsen unterstrich das noch. Sie beugte sich vor und war Gray fast so nah wie in Preston Falls. »Aber mal ehrlich, das Rennen mit den Scorpions? Megacool! Und gerade das hat doch auch voll Spa…«

Wenn sie das Wort noch ein einziges Mal in den Mund nahm, würde Gray ausflippen!

Offenbar sah man ihm seine Wut an, denn Réka wich zurück. Gray atmete seufzend aus. »Sorry.« Aber wofür entschuldigte er sich? Sie hatte einen Plan B mit Sponsoren. Was sich eher nach Plan A anhörte. Er hatte den nicht. Die Frage war also, wie lange sie Gefallen an der Abwechslung fand.

»Ich muss nur sicher sein, dass du beim nächsten Zugriff deinen *Spaß* hintenanstellst und dich voll auf die Sache …«

»Leute!«, verhinderte Isaac, dass er den Satz beendete. »Es geht los!«

Das Barbecue? Deshalb kam er wie ein Irrer auf sie zugelaufen? Isaac mochte es dramatisch. Das wusste Gray nicht erst seit dem Tag, als ein Siebenjähriger brüllend durch ihre Straße gerannt war. Es hatte sich herausgestellt, dass er seiner neuen Nachbarschaft mit seinem herzzerreißenden *Es brennt, es brennt!* nur hatte sagen wollen, dass sein Dad die Weihnachtsbeleuchtung eingeschaltet hatte.

Aber musste er ausgerechnet jetzt seine Nummer abziehen? Gray breitete fragend die Arme aus.

»Steel hat sich gemeldet«, stieß Isaac zwischen seinen hektischen Atemzügen aus. »Sie haben weitere Informationen ausgewertet. Sie wissen, wo sich unsere nächste Zielperson gerade aufhält.«

KAPITEL 23

Freitag, 16. April, 11:12 Uhr, Übungsgelände, Camp Painmore

»... gestern bei den Lagerhallen der Firma *Landolf's Import* gesehen und ist auch heute dort aufgetaucht«, drang Maxwell Steels Stimme aus dem Lautsprecher von Major Bishops Smartphone. »Lokalisiert seinen genauen Standort, geht vor, als würdet ihr ihn verhaften wollen, und erinnert ihn dann an die Auflagen in Verbindung mit der gestellten Kaution. Der Junge soll kapieren, dass er nicht mehr mit einer Jugendstrafe davonkommt, wenn er so weitermacht. Das war's. Eine einfache Sache.«

Gray warf Matthew einen fragenden Blick zu. Matthew tippte sich gegen die Schläfe. Das Computerhirn von Team Ghost hatte alles gespeichert. Sämtliche Informationen aus dem Gespräch waren jederzeit abrufbar.

»Scott?«, sprach Mr Steel den Major direkt an. »Kannst du meinen Jungs und Réka einen schnellen Transport nach Seattle ermöglichen? Ich kann hier nicht weg, Eric und Jack führen möglicherweise parallel einen echten Zugriff durch. Ich weiß noch nicht wo, aber sie sind jemandem auf den Fersen, und ich möchte hier als Ansprechpartner vor Ort bleiben.«

Isaac stieß Gray mit dem Ellbogen in die Seite. Dabei hatte Gray es schon selbst gesehen. Cooper hatte sich bei Mr Steels Bitte versteift. Die Antwort seines Arbeitgebers ließ seine Befürchtung wohl wahr werden: »Ich frage Cooper, ob sie wieder seinen Firebird haben können.«

»Ich hatte da an etwas anderes gedacht.«

Nicht nur Cooper runzelte die Stirn. Auch die dichten Augenbrauen des Majors zogen sich zusammen. Er schaltete die Lautsprechfunktion mit einem Wischen aus und entfernte sich mit dem ans Ohr gehaltenen Smartphone. Weit kam er nicht. Nach wenigen Metern wirbelte er herum. Seine Augenbrauen schossen in die Höhe. »Das ist nicht dein Ernst! Ich kann doch nicht … Aus *Freundschaft?* Hör mal, das ist wirklich ein verdammt großer Gefallen!« Er stapfte wieder los, diesmal am Grill vorbei, hinter dem einer der Marines seinen Platz eingenommen hatte. Inklusive Schürze. Die weiteren Worte des Majors gingen im Murmeln der anderen Soldaten unter, die sich die fertigen Steaks abholten.

Er beendete das Telefonat und schaute kopfschüttelnd Richtung Berge. Dann winkte er Cooper zu sich und sprach gedämpft mit ihm.

»Wieso grinst Coop so?«, wollte Ben wissen.

Die Frage war überflüssig. Genau wie Bens Spitzname für Cooper. Sie würden es gleich erfahren. Der Major und er kamen schon zurück. Oder auch nicht. Cooper steuerte den Humvee an, mit dem er Team Ghost hergebracht hatte, und angelte sich das Funkgerät vom Beifahrersitz. »Braff? Der Major hat einen Auftrag für Sie.«

Bishop hingegen baute sich vor Team Ghost auf. Wieder einmal schaute er einen nach dem anderen eindringlich an – und seufzte. Ein Geräusch, das bei ihm so überraschend kam wie das Achselzucken oder die ausgebreiteten Arme bei Mr Steel. »Max kann sehr überzeugend sein. Aber das wisst ihr, sonst wärt ihr nicht hier. Er hat mich gebeten, euch, ich zitiere, *in Windeseile* zum Ort des Geschehens zu bringen. Ich werde einige Telefonate führen müssen, um das zu ermöglichen.«

In Ordnung. Aber was genau hatte er verlangt?

Der Major schien Grays fragende Miene nicht zu bemerken. Oder er ignorierte sie. Er nickte in Coopers Richtung, der gerade den Funkverkehr beendete und in den Wagen kletterte. »Zurück zu den Unterkünften und umziehen. Alltagskleidung. Dann begebt ihr euch unverzüglich zum Parkplatz und wartet dort auf

Coopers Anweisungen.« Er wiederholte die Musterung. Sein Blick blieb kurz an Gray haften. Dann glitt er zu Ben. »Du übernimmst wieder das Kommando.« Damit entfernte er sich, wahrscheinlich, um die Anrufe zu führen, von denen er gesprochen hatte.

»Ihr habt den Major gehört!«

War es Zufall, dass Ben die gleichen Worte benutzte wie Gray bei ihrer ersten Fahrt hierher? Das Froschgrinsen deutete eher auf Absicht hin. Aber wenn er dachte, dass Gray auf seine Stichelei einging, irrte er sich. Viel wichtiger war doch, was die *Windeseile* bedeutete. Und ob sie diesmal erfolgreich sein würden.

Das Scheitern vor zwei Tagen hatte Mr Steel mit bewundernswerter Fassung getragen. Er hatte ihren Einsatz sogar mit einer Party belohnt! Aber wie würde er reagieren, wenn Team Ghost auch der nächste Kerl durch die Lappen ging? Einen dritten Versuch würde es wohl kaum geben.

Cooper fuhr los, sobald sie im Fahrzeug hockten. Die Fahrt verlief schweigend. Nicht nur Gray schien über den Ausgang der Mission nachzugrübeln. Auch Ben, Matthew und Isaac wirkten nachdenklich. Und Réka? Gray suchte vergeblich nach dem Stück Pazifik in ihrem linken Auge. Sicher war nur das komische Licht im gepanzerten Fahrzeug schuld, dass er es nicht sah. Als wäre es bei seinen letzten Worten zu ihr wie der Rest der Iris zu Eis erstarrt.

Sie erreichten die Unterkünfte und trennten sich.

»In zwei Minuten will ich euch draußen haben!«, rief Ben und trabte in Richtung seines Zimmers davon. Isaac rollte übertrieben mit den Augen. Gray sah den spöttischen Kommentar, der ihm auf den Lippen lag. Er hielt seinen besten Freund zurück und schob ihn durch die Tür. »Kein guter Zeitpunkt.« Sie zogen sich um, dann waren sie schon wieder draußen und bewegten sich mit den anderen im Laufschritt zu den Stellplätzen.

»Kontrolle der Ausrüstung«, gab Ben den nächsten Befehl. Er drückte auf die Sprechtaste seines Funkgeräts und erzeugte ein Knistern an Rékas versteckt am Gürtel getragenem Gegenstück.

»Taser?« Er holte seinen hervor und überprüfte ihn auf seine Einsatzbereitschaft.

Ein Summen setzte ein, das eindeutig nicht von dem Gerät stammte. Das Geräusch schwoll zu einem wummernden Dröhnen an. Die Druckwellen waren deutlich zu spüren. Wie der schneller werdende Herzschlag eines gewaltigen Tiers! Von jenseits der Garagen trieb ein heftiger Wind Gras, Dreck und Blätter über den Asphalt.

Isaac rieb sich das Ohrläppchen. »Ist euch klar, was hinter den Garagen liegt?«, brüllte er.

In dem Moment tauchte auch schon Cooper auf. Sein Grinsen war so breit, dass es ihm fast den Helm mit den dicken Micky-Maus-Kopfhörern vom Kopf hob. »Auf geht's, Team Ghost! Euer Flieger ist startklar!«

KAPITEL 24

Freitag, 16. April, 11:41 Uhr, 4525 Diagonal Avenue South, Terminal 108, Hafen, Seattle

»Viel Glück damit, was immer es ist.« Der Kapitän der *Symphony* blickte mit Asher vom Deck seines Schiffs auf den rostroten Container hinab, den Guy und seine Leute auf dem Sattelschlepper festmachten.

Über Asher klapperten die Stahlseile. Der bordeigene Kran der *Symphony* schwenkte zurück. Noch konnten sich die herumlungernden Matrosen nicht um das Löschen der restlichen Ladung kümmern. Die Hafenbehörde hatte wie geplant alle Hände voll zu tun, entsprechend war die *Symphony* noch nicht freigegeben.

Unten reckte Guy grinsend den Daumen. Das Signal, dass sie fertig waren. Teil eins der Unternehmung war erfolgreich abgeschlossen. Damit es dabei blieb, sollten sie zusehen, dass sie vom Gelände kamen, bevor doch noch jemand vom Zoll auftauchte.

»Danke«, antwortete Asher auf die Wünsche des Kapitäns. Glück, pfft! *Kontakte* würden ihm die Gegenstände im Container bringen, zusätzlich zu der erfreulichen Provision, die The Voice ihm in ihrem ersten Telefonat zugesichert hatte. Das war Glück genug.

Asher schüttelte dem Kapitän die Hand. Wind, Wetter und die harte Arbeit auf See hatten sie rau gemacht. Es fühlte sich an, als hielte Asher eine Rolle Schmirgelpapier. Gleichzeitig griff das Papier nach ihm, und der Gedanke an einen Schraubstock, der Asher die Knochen zerquetschten konnte, verdrängte den ersten Vergleich. Asher löste den Griff, wandte sich ab und stakste die Gangway hinab, einen wackeligen Steg mit nicht sonderlich gut gespannten Seilen als Sicherung auf beiden Seiten. Asher atmete durch, als er wieder auf der Pier stand. Fester Boden unter den Füßen war ihm eindeutig lieber.

Das tiefe Brummen des Sattelschleppers schwoll an. Nein, so klang kein Motor eines Fahrzeugs. Außerdem stand Guy ja noch daneben. Auch die anderen Männer waren noch nicht in den Wagen gestiegen, mit dem sie Asher und Guy vom Parkplatz, von dem sie sich den Schlepper geliehen hatten, zum Terminal gefolgt waren.

Asher legte den Kopf in den Nacken.

Ein Militärflugzeug schoss im Tiefflug auf die Bucht hinaus. Die Maschine beschrieb einen Bogen und richtete die Nase ungefähr wieder in die Richtung aus, aus der sie gekommen war.

»Spinnt der?« Auch Guy verfolgte das Manöver.

Asher nickte. Der Pilot handelte sich ordentlichen Ärger mit seinen Vorgesetzten ein. Eine solche Aktion konnte nicht genehmigt sein. Aber was ging es sie an? Sie hatten sich um ihre eigenen Angelegenheiten zu kümmern, und die würden deutlich mehr Konsequenzen nach sich ziehen als eine Rüge oder irgendeinen albernen Strafdienst.

»Wir müssen los«, drängte Asher.

Guy schaute weiter dem Flieger nach.

»Jetzt«, betonte Asher.

Guy senkte den Blick. Da war wieder die kalte Berechnung, die bei ihrer ersten Begegnung am Riesenrad kurz aufgeflackert war. Keine Spur mehr von dem netten Nachbarn oder Kollegen, als der er sich Asher gegenüber sonst gab.

Asher sollte endlich einsehen, dass Guy genau das nicht war. Genauso wenig wie der Rest der Gruppe. Sie waren Verbrecher. Diebe, Schläger. Mörder?

Ein Frösteln ließ ihn zittern.

Asher schob den Gedanken beiseite. Wer nervös wurde, beging Fehler. Und das hatte er verdammt noch mal nicht vor! Er deutete auf den Container und hielt Guys Blick stand. Jede Sekunde, die er sich *nicht* abwendete, verlieh ihm mehr Kraft. *Er* gab hier den Ton an. »Ich für meinen Teil wäre gern weg, wenn der Zoll hier auftaucht. Aber wenn du noch weiter in den Himmel starren willst, bitte. Vielleicht siehst du ja ein paar seltene Vögel. Könnte allerdings das letzte Mal für einige Zeit sein, dass du sie ohne Gitterstäbe davor beobachten kannst.«

Guy legte den Kopf leicht schräg. Ob er damit Überraschung wegen Ashers frecher Art ausdrückte oder nur abschätzte, wie er ihm am besten eine verpasste, war nicht ganz klar.

Endlich nickte er und ging zum Fahrerhaus.

Asher atmete erleichtert aus. Der Weg zum Erfolg war etwas holpriger als gedacht. Aber Asher hatte nicht vor, sich aus dem Tritt bringen zu lassen. Von niemandem.

KAPITEL 25

Freitag, 16. April, 11:42 Uhr, GPS-Koordinaten 47°32'46.0''N 121°39'08.8''W, Flughöhe 480 Meter über Grund

Mit ihren zwei je über sechstausend PS starken Triebwerken brachte die besser als Osprey bekannte Bell Boeing MV-22B ihre Passagiere durch die tief eingeschnittenen Täler Richtung Küste. Voraus zeichnete sich die Metropolregion Seattles ab. Painmore zog unter ihnen dahin, selbst die Seaside High war für einen Moment auf der in den Lake Washington ragenden Landspitze auszumachen.

Da der Frachtraum über keinerlei Fenster verfügte, bekamen Gray und der Rest von Team Ghost von alldem nichts mit. Sie hätten ebenso gut eine Runde über dem Camp drehen können, wäre da nicht der knisternde Funkverkehr zwischen der Pilotin und der Flugverkehrskontrolle gewesen.

Wie Cooper schien *Braff* weder über einen weiteren Vor- oder Nachnamen noch über einen Rang zu verfügen. Gray hatte in ihr allerdings die Mitarbeiterin Bishops erkannt, die beim Rennen mit den Scorpions den Posten auf dem großen Platz besetzt hatte.

»Sondergenehmigung erteilt.« Die Stimme des Lotsen, der sie seit dem Start per Funk betreute, klang über das tiefe Dröhnen hinweg aus dem Cockpit.

»Danke, Seattle Air Traffic Control«, drang Braffs Antwort nach hinten.

Neben Gray rieb Isaac sich auf der Bank längs der Wand das rechte Ohrläppchen. »Eine private Maschine, die mitten in der Stadt runtergeht? Wie hat der Major das angestellt?«

Cooper lehnte ihnen gegenüber mit dem Rücken an dem mit Haltenetzen, Haken und Ösen versehenen Metall. Für ihn schien der Flug nichts Besonderes zu sein. Er wirkte völlig entspannt. »Wir gehen nicht *mitten in der Stadt* runter, Kumpel. Braff hat den Parkplatz am Ende von Terminal 106 im Blick. Südlich schließen sich die Lagerhallen an, bei denen euer Flüchtiger gesehen wurde.« Ihm schien aufzufallen, dass er nur eine von Isaacs Fragen beantwortet hatte. Mit einem Grinsen ging er auf die zweite ein: »Den Behörden hat der Major die Aktion als *immens wichtige Übung* verkauft. Kontakte sind das halbe Leben, Leute, merkt euch das.«

Eine Karriere im Verteidigungsministerium, fielen Gray Coopers Worte über Bishop ein. Offenbar war der Major dort immer noch in guter Erinnerung. Man hatte ein offenes Ohr für die Gefallen, um die er bat.

Der Klang der Turbinen veränderte sich. Gray sah zu Matthew hinüber. Als klar geworden war, wie sie nach Seattle gelangen sollten, hatte sein Gesicht eine ungesunde Farbe angenommen. In den letzten Minuten hatte sich nichts daran geändert. Matthew war grau wie der Großteil von Camp Painmore, mit einem leichten Stich ins Gelbliche. Oder war es eher ein fahles Grün? Wie auch immer, der Arme sah aus, als würde er sich jeden Moment übergeben.

»Hoffentlich schadet der Flug nicht seinem Arbeitsspeicher.« Neben Gray tippte Isaac sich an die Schläfe, wie Matthew es sonst tat.

Gray nickte. Das Team verließ sich darauf, jederzeit an die Informationen zu kommen, die es brauchte. In Matthews jetzigem Zustand war das fraglich. Trotzdem war Zuversicht sicher hilfreich. Gray hob demonstrativ den Daumen, damit es Matthew auch sah. »Ihm ist bestimmt nur etwas flau im …«

»Die Hälfte aller Flugzeugunglücke passieren bei der Landung«, gab Matthew mit starrem Blick von sich. »Dazu kommen zwölf Prozent beim Sinkflug direkt davor. Noch mal zwölf beim Flug. Zwanzig beim Start. Fünf auf dem Boden.«

»Wie soll denn auf dem Boden was passieren?«

Gray presste die Lippen zusammen. Musste Big Ben unbedingt auf den Mist eingehen? Kapierte er nicht, dass er Matthew damit nur noch mehr Anlass zum Nachdenken gab?

»Was weiß ich!«, schoss der auch schon los. »Auf dem Rollfeld? Wenn zwei Maschinen miteinander kollidieren? Schon mal überlegt, wie viel Kerosin da verbrennen kann?«

Ben öffnete schon wieder den Mund, aber Gray kam ihm zuvor: »Wie gut, dass wir gleich das einzige Flugzeug da unten sind.« Nicht ideal, aber immerhin brachte es Matthew zum Schweigen. Er stierte ein Loch in die Bordwand und malte sich wahrscheinlich trotzdem aus, was schiefgehen konnte. Ben hingegen betrachtete Gray mit zusammengekniffenen Augen. Zumindest schenkte er ihm damit mehr Beachtung als Réka, die immer noch so tat, als gäbe es ihn nicht. Genau die Stimmung, die sie vor ihrer zweiten Chance brauchten!

Gegenüber zog Matthew den Kopf ein. Auch Gray spürte die Kurve, die der Flieger nahm, als sich aufbauenden Druck im Bauch. Er ließ nach, aber Braff gab den Mägen von Team Ghost keine Zeit zur Erholung. Mit einem Mal sank die Maschine rasant nach unten.

»Cooper«, rief sie von vorn in den Frachtraum. »Los!«

Cooper ging breitbeinig nach hinten, um die kleinen Schaukelbewegungen auszugleichen, welche die baldige Landung ankündigten. Die Räder setzten sanfter auf als erwartet. Cooper betätigte einen Schalter an einer Konsole neben der Laderampe, und das Ding fuhr summend nach unten. Die obere Kante hatte kaum den Boden berührt, als Matthew sich schon losmachte und an Cooper vorbeilief. Cooper klatschte ihm lachend mit der flachen Hand so fest auf den Rücken, dass er fast stolperte. Er wiederholte den Klaps bei jedem Einzelnen. »Gerade nach hinten weg! Köpfe unten halten! Haut rein, Kumpels! Wir schicken jemanden, der euch abholt.« Er wandte sich um. »Braff! Bring den Vogel in sein Nest!«

Gray lief über die Rampe und entfernte sich mit den anderen etliche Meter von der startenden Osprey. Erst dann sah er zurück. Das Fluggerät war beeindruckend. Die Triebwerke waren schwenkbar und ermöglichten das Starten und Landen wie ein Hubschrauber. Danach konnten die Rotoren wieder nach vorn gerichtet werden wie bei einem normalen Flugzeug.

Der *Vogel* hob ab und flog rasch Richtung Osten davon.

Gray blickte sich um. Was vor ihnen lag, erforderte volle Konzentration! Er füllte die Karte, die er sich in seinem Kopf vom Gelände angelegt hatte, mit Details.

Rechts von ihnen lag der Duwamisch Waterway, der

in geringer Entfernung in die Bucht mündete. Damit stellte er eine natürliche Verlängerung des Hafens darf. Das Wasser schimmerte in der Sonne, kleine Wellen kräuselten die Oberfläche und schwappten gegen die Betonwände der Anlegestellen. Dazwischen zeichnete sich eine steinige Uferlinie ab. Im Rücken des Teams ragten die Silos und Türme einer Zementfabrik auf, daneben zog sich ein riesiges Lagergebäude mit unzähligen Zugängen mehrere Hundert Meter nach Süden hin, bevor ein Containerareal den Beginn von Pier 108 markierte. Links davon lagen die älteren Hallen. Dort vermutete Mr Steel ihren Mann.

»Bewegung!«, rief Ben.

Der Parkplatz war beinahe verwaist, nur so war die Landung überhaupt möglich gewesen. Gänzlich allein waren sie aber nicht. Von einem Kühllaster an einer Andockbucht des Industrielagers blickten zwei Arbeiter in orangefarbenen Westen neugierig zu ihnen herüber. Ben hatte recht. Sie machten sich besser aus dem Staub.

»Emeraldo nach vorn!«, tönte Ben, als sie sich weit genug entfernt hatten. »Wo fangen wir an?«

Der Sprint hatte Matthews Wangen rot werden lassen. Die Tatsache, dass er den Flug heil überstanden hatte, zauberte ihm ein Grinsen aufs Gesicht.

»*Landolf's Import* verfügt über etliche Immobilien und Beteiligungen«, erklärte er. »Mr Steel hat die

Grundbucheinträge in diesem Gebiet überprüft. Wir sollten uns da drüben umsehen. Die alten Hallen liegen etwas abseits.«

»Der ideale Ort, um sich zu verkriechen«, schloss Réka.

»Dann mal los«, sagte Ben. »Wir bleiben zusammen und teilen uns nur im Notfall auf.«

Sie passierten Türme aus übereinandergestapelten Containern. Ein Sattelschlepper mit wohl kürzlich eingetroffener Ware brauste vorbei, gefolgt von einem Auto mit mehreren Insassen. Eine Gruppe junger Männer lief schwatzend an Team Ghost vorüber, schenkte ihnen aber keine Beachtung. Sehr gut. Niemand brachte sie mit dem Flugzeug in Verbindung, das ein seltsames Manöver ausgeführt …

Moment. Wie hatte der eine Kerl den anderen gerade genannt?

»Parker!«, rief Ben von vorn und vertrieb das, was Gray beinahe zu fassen bekommen hatte. »Zusammenbleiben, habe ich gesagt!«

Gray ballte die Fäuste. Er konnte nur hoffen, dass der Gedanke wiederkommen würde, wenn er wichtig gewesen war.

Vorn wies Matthew auf ein heruntergezogenes Rolltor. Ben nickte Réka zu. Sie schlenderte hin und tat direkt vor dem Tor, als müsse sie sich den Schuh binden. Dabei legte sie ein Ohr an das Blech und lauschte.

Nach einer Weile stand sie auf und kam kopfschüttelnd zurück. »Wenn sich da drinnen etwas bewegt, sind es nur die Mäuse.«

Matthew lotste sie zum nächsten möglichen Aufenthaltsort. Wieder schien die Halle leer zu sein.

»Wir suchen die Nadel im Heuhaufen«, stöhnte Isaac nach einer weiteren Überprüfung.

»Aufgeben ist keine Option«, quittierte Ben den Kommentar streng.

Davon hatte Isaac auch nichts gesagt. Aber Ben musste doch einsehen, dass sie verdammt großes Glück brauchten, um Asher Franklin auf die Art zu finden! Und was, wenn schon der erste Schuppen einen Hintereingang gehabt hatte wie der Zooladen in Preston Falls? Vielleicht hielt dieser Franklin sich auch in einem weit vom Tor entfernten Raum auf, und Réka hatte ihn gar nicht hören *können.*

Sie hätten die Suche von Beginn an anders aufziehen müssen. Ben hatte bei ihrem Probezugriff vorgestern doch selbst darauf hingewiesen: Fugitive Recovery Agents durften sich als jemand anders ausgeben, um an Informationen über den Aufenthaltsort eines Flüchtigen zu kommen. Wieso setzten sie das nicht ein? Sie konnten herumfragen und …

»Wartet mal!« Isaac, Réka und Matthew blieben stehen. Nur Ben tat, als hätte er Gray nicht gehört. »Ben!«

»Was denn?«, blaffte er. »Hast du den Flüchtigen gesehen?«

Gray schüttelte den Kopf. Er kniff die Augen zusammen und sah in eine Gasse zwischen den Hallen. Ja, ganz sicher. »Den Flüchtigen nicht. Aber da drüben läuft Dr. Dolittles Hund.«

KAPITEL 26

Freitag, 16. April, 11:58 Uhr, 4525 Diagonal Avenue South, Terminal 108

»Ihr seid wegen Asher Franklin hier?«

Eric Steel schaute Gray und die anderen an. Neben ihm war *Dr. Dolittle* in die Hocke gegangen und streichelte gemeinsam mit Réka seinen tierischen Begleiter. Der Mann mit der schiefen Nase hatte ihn als *Jack Russell* bezeichnet. Gray war kein Experte, aber die Rasse hätte er auch ohne den Hinweis erkannt.

Eric rollte beim Blick auf die drei mit den Augen und fuhr fort: »Ein Informant will ihn gestern hier gesehen haben. Offenbar treibt er sich auch heute in der Nähe herum. Ich wünsche euch viel Glück. Aber seid vorsichtig! Der Hafen ist nicht nur bei kleinen Fischen beliebt. Jack und ich sind einem mehrfach Vorbestraften auf der Spur.«

Jack? Der Hund? Oder hieß Erics Partner so? Egal,

Eric hatte noch nicht zu Ende gesprochen: »Sollte hier etwas Größeres ablaufen, ist das nicht unser Business, verstanden? Wir melden es den Cops, und die sehen sich die Sache an. Also, Augen und Ohren offen halten und kein Risiko eingehen. Der Name unseres Verdächtigen lautet übrigens …«

Der Rest des Satzes wehte an Gray vorbei. Erics letzte Worte hatten etwas ausgelöst. *Der Name*. Der Gedanke von vorhin meldete sich mit einem sanften Vibrieren. Gray spürte geradezu die schwachen Stromstöße, mit denen sich die Erinnerung in den Nervenbahnen seines Gehirns meldete.

Oder täuschte er sich? Wenn er doch nur eine Möglichkeit hätte, das Ganze zu überprüfen.

Aber … die hatte er doch! Matthew stand keine zwei Meter neben ihm und verfolgte konzentriert, wie Eric und sein Partner sich verabschiedeten und wieder ihres Wegs gingen, um ihren Flüchtigen zu finden.

»In Ordnung, Team Ghost«, sagte Ben, »nehmen wir uns die nächste Lagerhal…«

Gray ignorierte ihn. Er packte Matthew an den Schultern. »Merkst du dir wirklich alles, was du hörst? Auch wenn du dich nicht darauf konzentrierst?«

Matthew tippte sich wieder einmal gegen die Schläfe. »Mein Kopf ist so voll wie eine Serverfarm von Google. Und ich hab noch endlos …«

»Wiederhol das Gespräch der Männer, die nach der

Landung an uns vorbeigelaufen sind. Bei den Containern.«

Matthew schaute an Gray vorbei zu Ben. Holte er sich etwa seine Erlaubnis? Ben schien sie ihm zu geben. Mit einem Achselzucken erklärte er: »Sie haben sich über die Osprey unterhalten und …«

Wieder unterbrach Gray ihn. »Wort für Wort, Matthew!«

Matthew runzelte die Stirn, dann wurde sein Blick leicht abwesend. »… irre, muss ich unbedingt Stella erzählen«, sagte er und verstellte seine Stimme dabei.

Er veränderte sie und antwortete als anderer: »Krieg dich wieder ein, war nur ein Flugzeug.«

Er imitierte eine weitere Person: »Haste nicht gesehen, wie tief die war?«

Die zweite Stimme: »Ihr haltet alle schön die Klappe! Oder wie wollt ihr erklären, warum ihr überhaupt hier wart, hä?«

Er wechselte zurück zur letzten Stimme: »Aber …«

Wieder die vorherige: »Klappe, Brew! Du bist still. Wir sind fast …«

Sein Blick klärte sich, er zuckte wieder die Achseln. »Dann waren die Typen außer Hörweite, sorry.«

Gray klopfte das Herz bis zum Hals. In seinem Kopf fügten sich die Puzzleteile zusammen wie beim Rennen mit den Scorpions die Karte des Camps. Pünktchen blinkten auf, nur gaben sie diesmal keine Koordinaten an, sondern Menschen an verschiedenen Tagen an unterschiedlichen Orten in Seattle. Informationen, die sein taktischer Instinkt miteinander verknüpfte. Es konnte immer noch ein Zufall sein. Aber das glaubte er nicht.

Asher Franklin. Der Flüchtige, dem Eric Steel auf der Spur war. Und jetzt auch noch ein Kerl, von dem Gray zum ersten Mal frierend und zitternd an Pier neunzig gehört hatte, nachdem er ein unfreiwilliges Bad mit Tyler Myers genommen hatte.

Man musste nicht so gut wie Derek Brew in Mathe sein, um eins und eins zusammenzuzählen.

Gray deutete in die Richtung, aus der sie gekommen waren. »Ich glaube, ich weiß, wo unser Mann steckt. Und ich gehe jede Wette ein, dass der von Eric auch dort ist.«

KAPITEL 27

Freitag, 16. April, 12:19 Uhr, Landolf's Import, Lager B2, 4525 Diagonal Avenue South, Terminal 106W

Zufrieden blickte Asher von der erhöhten Rampe der Andockbucht über den Parkplatz. Der Sattelschlepper rollte piepsend rückwärts und hielt mit dem Heck dicht am Tor. Das blecherne Rattern, mit dem es von innen aufgezogen wurde, drang durch die offene Tür neben Asher nach draußen. Die schweren Scharniere des Überseecontainers quietschten, dann gab Guy den vor ein paar Minuten neu hinzugekommenen jungen Männern Anweisungen.

Die drei hatten gemüffelt, als hätten sie seit Wochen keine Dusche mehr gesehen! Entsprechend dankbar waren sie wahrscheinlich für die paar Scheine, die Guy ihnen in die schmutzigen Hände gedrückt hatte.

Auf dem Parkplatz war einiges los. Die Zeiten, in

denen illegale Geschäfte in *schummrigen* Gassen abgewickelt wurden, waren vorbei.

Asher freute sich über das schöne Wort und schaute sich weiter um. Wenige Abschnitte neben ihrem wurde ein Kühltransporter mit Fisch beladen. Mehrere Männer in Warnwesten trafen ein und trotteten von ihren Autos zu ihrer Arbeit. Eine Gruppe Jugendlicher tauchte auf. Die vier Jungen und das Mädchen waren vielleicht 15 oder 16 Jahre alt. Bestimmt gingen sie noch auf die Highschool und hatten über die einwöchigen Ferien einen Job am Hafen ergattert.

Der Große fühlte sich mit seinen ausgreifenden Schritten wohl als Anführer. In Wahrheit war er so unsicher wie das Mädchen. Vielleicht sahen das die anderen drei nicht, aber Asher hatte einen Blick dafür. Den beiden folgte ein Junge, dessen Hals so breit war wie sein Kopf, und ein weiterer mit Brille. Der Letzte wurde von den anderen verdeckt. Nur hin und wieder waren seine schwarzen Haare zu sehen.

Ein Foodtruck rollte auf das asphaltierte Gelände. Dem Bild und der Schrift auf der Seite nach zu urteilen, bot er die besten Hotdogs der Stadt an. Ein wahrer *Gaumenschmaus.* Vielleicht ging Asher später tatsächlich hinüber und gönnte sich einen nach typischer Seattle Art mit Frischkäse und kurz angebratenen Zwiebeln. Aber erst die Arbeit, dann das Vergnügen. Asher drehte sich um – und stoppte.

Das Gefühl, beobachtet zu werden, krabbelte ihm das Rückgrat nach oben.

Er wartete einen Moment. Dann drehte er sich abrupt wieder dem Parkplatz zu.

Die Jugendlichen bildeten einen Kreis.

Wahrscheinlich war es reiner Zufall.

Schaden konnte es trotzdem nicht, sie im Auge zu behalten. Allerdings würde das nicht Ashers Aufgabe sein. Er musste kontrollieren, ob die Ware den Transport ohne Schäden überstanden hatte.

Er betrat die Halle. Dort rollten seine Männer gerade eine weitere Palette aus dem Container. Von einer anderen hatten sie bereits die Folie entfernt. Zwei längliche Kisten lagen übereinandergestapelt darauf. Beinahe wie Särge. Und ganz an den Haaren herbeigezogen war der Vergleich ja nicht, oder?

Die Kids!, fiel Asher ein. Mit drei schnellen Schritten war er bei Guy und tippte ihn von hinten an. Guy drehte den Kopf über die Schulter und betrachtete Ashers noch ausgestreckten Zeigefinger. Asher zog die Hand weg und drängte das Gefühl beiseite, seinen Finger jeden Moment in einem unmöglichen Winkel abstehen zu sehen.

Bullshit! Sie hatten das längst geklärt. Asher gab das Kommando. Er musste sich vor Guy nicht kleinmachen. Er deutete mit dem Daumen hinter sich. »Wir brauchen jemanden auf der Rampe.«

Guy trat einen Schritt zur Tür – und Asher war sich plötzlich sicher, dass sein Zeigefinger sein kleinstes Problem sein würde, wenn er dem Kerl jetzt in die Quere kam. Nichts mehr mit *Mr Nice Guy*. Jede Freundlichkeit fiel von ihm ab. Sein Gesicht wurde zu einer erschreckend kalten Maske.

»Wir bekommen Besuch.« Auch seine Stimme war kühl. Er drehte sich zu den Männern, die gerade eine weitere Palette aus dem Container schoben. »Wir laden wieder auf.«

»Was … wie?«, stammelte Asher. Er räusperte sich. »Kennst du die Kids da draußen etwa?«

»Welche Kids?« Guy sah ihn mit gerunzelter Stirn an. »Da hinten sind zwei alte Bekannte. FRAs.«

Asher konnte die Abkürzung nicht zuordnen. Dann klickte es in seinem Kopf. »Fugitive Recovery Agents?« So viel zum Thema harter Auftritt. Er fiepte wie ein Jugendlicher im Stimmbruch. »Wir müssen abhauen! Wenn die uns mit den Dingern erwischen, sind wir erledigt!«

Guy hatte sich schon umgedreht und half seinen Männern. Dass sie wirklich seine waren, wurde Asher schmerzlich bewusst. Sie funkelten ihn finster an, als er sich näherte und sie überzeugen wollte, die Ware Ware sein zu lassen. »Wir. Müssen. Weg!«, wiederholte er dennoch.

Ohne besondere Eile holte Guy sein Smartphone aus

der Gesäßtasche. Er entsperrte es, tippte kurz auf dem Display herum und hielt es sich ans Ohr. Es schien nur ein einziges Mal zu läuten, dann wurde sein Anruf angenommen. Er meldete sich nicht einmal mit seinem Namen. »Mr Franklins tolles Lager ist kontaminimiert.«

Doppelt falsch! Erstens hieß es *kontaminiert*, zweitens bezeichnete dieser Begriff lediglich die unerwünschte Verunreinigung einer Fläche durch Toxine oder Pilze. Und noch war nichts Unerwünschtes in die Halle eingedrungen. Allerdings war das eine Spitzfindigkeit, mit der Asher sich wohl besser zurückhielt, wenn er Guy so betrachtete.

»Mr Franklin«, riss der Mann, der ganz sicher nicht Guy hieß, ihn aus seinen überflüssigen Gedankengängen und hielt ihm das Handy hin. »Er will mit Ihnen sprechen.«

Asher beobachtete, wie sein Arm sich streckte. Himmel, seit wann zitterte er so?

»Hallo?«

»Sie haben mir versichert, Sie hätten alles im Griff.«

»Das habe ich! Keine Ahnung, wie die …«

»Sie verkennen den Ernst der Lage, Mr Franklin.« The Voice musste nicht einmal lauter werden. Allein die Kälte brachte Asher zum Schweigen. Gegen sie war Guys Verhalten in der letzten Minute wärmend wie ein Heizstrahler. Ein Prickeln überzog Ashers Kopfhaut, als bilde sich Frost auf ihr. »Der Stuhl, wegen dem ich auf Sie aufmerksam geworden bin, ist nicht besonders bequem. Aber er ist exklusiv. Genau das wollen manche Menschen. Sie möchten einen echten Picasso an der Wand hängen haben. Eine meiner Kundinnen trägt bei Empfängen den goldenen Armreif einer Wikingerkönigin. Ich kenne sogar jemanden, der wertvolle Grabbeilagen gleich mehrerer ägyptischer Pharaonen sein Eigen nennt.« Er seufzte. »Aber das alles ist nichts im Vergleich zur *Bingmayong.*«

Zum ersten Mal schwang etwas anderes in der Stimme mit als das sanfte Säuseln, das drohende Zischen oder die Kälte von gerade. The Voice hörte sich fast ehrfürchtig an.

Asher war es nicht anders gegangen, als die Stimme ihn über den Inhalt der Kisten informiert hatte. *Bingmayong,* die tönerne Armee. Die Sammlung von fast achttausend lebensgroßen Terrakotta-Figuren aus der Zeit des ersten chinesischen Kaisers galt mit der Grabanlage, in der sie entdeckt worden waren, als einer der größten Kulturschätze Asiens. Wenn nicht sogar der ganzen Welt! Kunstvolle Statuen bildeten nicht nur Soldaten aus verschiedenen Teilen der Armee nach, auch Pferde und deren Streitwagen waren für die Ewigkeit festgehalten.

Oder auch nicht. Das von den Erbauern verwendete Material zerfiel. Farbe löste sich ab, Armbrüste und

Speere aus Holz vermoderten. Insofern kam es hin und wieder vor, dass einzelne *Exponate* ihren Weg in Institute fanden, in denen sie länger haltbar gemacht werden sollten. Trotz strengster Überwachung war es The Voice offenbar gelungen, auf diesem Weg einige Originalfiguren gegen Fälschungen auszutauschen.

Ashers Blick wanderte zu den *Särgen* auf der Palette, die einer von Guys Leuten zurück in den Container schob. Einer allein war schon ein Vermögen wert.

»Meine Kunden«, meldete The Voice sich wieder vollkommen geschäftsmäßig, »verlassen sich auf mich. Dafür haben sie bereits hohe Anzahlungen geleistet, Mr Franklin. Ich habe nicht vor, sie ihnen zurückzuzahlen, verstehen Sie? Die Krieger müssen um jeden Preis in Sicherheit gebracht werden.«

»Ich ... Aber ... Ich«, stotterte Asher.

»Mr Franklin«, unterbrach The Voice ihn, und das drohende Zischen war keine Einbildung mehr. Es stach Asher durch sein Ohr über das Herz bis tief hinab in die Eingeweide. »Sie werden mich doch nicht enttäuschen wollen?«

»N-nein.«

»Gut. Dann wird Ihnen der Besitzer dieses Telefons jetzt genau sagen, was Sie zu tun haben.«

KAPITEL 28

Freitag, 16. April, 12:22 Uhr, Areal vor Landolf's Import, Lager B2

»Du bist dir sicher?«

Gray ballte die Fäuste. Er konnte tausendmal Ja sagen, Ben würde ihn weiter nur skeptisch anschauen. Dass ausgerechnet Gray ihren Mann entdeckt haben wollte, ging wohl nicht in seinen Kopf. In seiner Vorstellung erwischte *er* den Kerl und kein anderer. So viel zum *Team*, das sie angeblich waren.

Die Dinge hatten sich anders entwickelt als gedacht, na und? Wann benahm sich Ben endlich wie der Anführer, den Mr Steel und Major Bishop in ihm sahen?

»Wir können nicht einfach da reinmarschieren, wenn wir uns nicht zu hundert Prozent sicher sind«, sagte Ben.

»Ich will nicht *reinmarschieren*«, brachte Gray zwischen zusammengepressten Lippen hervor. »Ich will nur nachsehen, ob Asher Franklin allein da drinnen ist oder ob ich recht habe. Wenn etwas Größeres läuft, holen wir Eric Steel, und er soll entscheiden, ob er die Cops einschaltet.«

Unauffällig warf er einen Blick an Ben und Réka vorbei zur Halle. Gerade hatte Asher sich ziemlich überraschend umgedreht. Sie hatten so getan, als unterhielten sie sich. Daraufhin hatte er sich zurückgezogen. Allerdings konnte er sie immer noch aus dem Schatten der Tür heraus beobachten. Noch waren sie nicht aufgeflogen, vermutete Gray. Aber wenn sie noch lange ohne erkennbaren Grund hier herumstanden, machten sie sich verdächtig!

Er nickte in Richtung des Foodtrucks. Wenn Ben nicht in die Gänge kam, musste Gray das eben übernehmen. »Können wir das da drüben ausdiskutieren? Wir sollten so tun, als ob …«

Ein einzelner trockener Knall schnitt den Satz ab. Beinahe gleichzeitig erklang das metallisch hohle *Bapp!* im Blech der Lagerhalle in ihrem Rücken. Ein Schuss und ein Treffer. Gray wirbelte herum. Eric Steel und Dr. Dolittle! Oder Jack.

Die beiden mussten am Terminal 108 fertig gewesen sein und wollten sich nun hier umsehen. Jetzt wurde auf sie geschossen. Dem ersten Knall folgte zwar kein zweiter, aber es konnte jederzeit so weit sein.

Die beiden zogen sich blitzartig zurück. Nur der

Jack-Russell-Terrier blieb in leicht geduckter Haltung stehen und reagierte nicht auf die Rufe von Erics Partner.

Réka rannte los. Sie beschleunigte wie bei der Verfolgung von Tyler Myers und nahm eine der Betonabsperrungen des Parkplatzes wie eine Hürdenläuferin. Sie setzte auch über die nächste hinweg, klemmte sich den Hund unter den Arm und brachte ihn um die Ecke der Lagerhalle in Sicherheit.

Ihn. Und sich. Sehr gut!

Neben Isaac zog Matthew den Hals ein. Bei echten Schildkröten reichte das vielleicht aus. Bei ihnen sicher nicht, wenn der Schütze noch einmal feuerte.

Gray stieß Isaac und Matthew in Richtung der ersten Absperrung, die Réka mit einem Sprung überwunden hatte. »Legt euch flach auf den Boden!« Damit sollten sie sicher sein. Aber wieso stand Ben immer noch da, als hätte ihn der Blitz getroffen? War er nicht derjenige gewesen, der sich mit den Marines unterhalten hatte, als wäre er einer von ihnen?

»Ben!«, brüllte Gray ihm ins Gesicht. Und riss ihn damit aus der Erstarrung. »Zum Truck, mach schon!« Er klatschte dem Hünen auf den Rücken, wie Cooper es bei ihm getan hatte, und folgte ihm geduckt.

»Alle unten bleiben!«, hallte Eric Steels Stimme über den Platz – und wurde vom Motor des Sattelschleppers übertönt. Röhrend erwachte er zum Leben. Ein neben ihm parkendes Auto schoss mit quietschenden Reifen los. Die Kerle, mit denen Asher Franklin in der Halle gewesen sein musste, wollten die Verwirrung nutzen und abhauen!

Gray lugte um die Ecke, um …

Ein zweiter Schuss.

Es musste jemand zurückgeblieben sein. Asher? Derek Brew? Egal wer, er hatte in die Luft geschossen, denn das metallische Geräusch eines Treffers blieb aus. Und er hatte es mit seinen Schüssen auch gar nicht auf Gray abgesehen: Drüben hatte Eric sich nach vorn gewagt, um den flüchtenden Fahrzeugen hinterzusehen. Vermutlich, um einen Blick auf die Nummernschilder zu erhaschen. Der Schuss hatte ihn schnell wieder in Deckung gehen lassen. Hoffentlich hatte er sich die Nummern trotzdem merken können, um sie an die Polizei durchzugeben.

Jetzt herrschte wieder Stille. Wer auch immer noch in der Halle war, würde nicht mehr lange dort sein. Er sollte nur die Flucht decken. Dann verschwand er selbst.

»Wir müssen etwas unternehmen«, flüsterte Gray mehr zu sich selbst als zu Ben. Auf ihn konnte er sowieso nicht zählen. Trotz seines Auftretens war Benedict Kramer wie Gray nur ein normaler Jugendlicher, der …

Eine Stille breitete sich in Grays Kopf aus, die lauter war als die Schüsse hier oder auf dem Übungsgelände im Camp. *Normale Jugendliche.* Deshalb hatte Mr Steel das Team doch gebildet! Allerdings konnte Gray sich nicht darauf verlassen, dass der Schütze es nicht doch ernst meinte, wenn er einfach loslief.

Er rief das Bild des Areals auf, das er sich nach der Landung mit der Osprey gemacht hatte. Er nahm ein paar Ergänzungen vor und gestaltete eine dreidimensionale Karte der Umgebung, die er nach Belieben drehen und wenden konnte.

Er zog Linien von der Tür der Halle und erhielt Winkel hinter den Hindernissen, die mit keinem Schuss zu erreichen waren. Wo sich mehr als zwei überlappten, leuchtete der Bereich rot auf.

Die manchmal nur wenige Zentimeter breiten Dreiecke blinkten nacheinander auf, beginnend an Grays Position, dann fortlaufend in einem für Außenstehende wahrscheinlich wild erscheinenden Zickzack bis hin zur Rampe.

Das Leuchten begann von vorn. Schneller. Es steigerte sich, wiederholte die Frequenz, bis es ebenso heftig pulste wie Grays Herz.

Ich wette, diese Gabe würde geradezu explodieren, wenn du in eine entsprechende Situation gerätst.

Gray schloss die Augen und atmete tief ein.

Vier Sekunden.

Er hielt die Luft weitere vier Sekunden an, blendete

alles aus, was um ihn herum geschah, und ließ die Luft langsam entweichen.

Anhalten.

Einatmen.

Halten.

Ausatmen.

Halten.

»Parker?«, fragte Ben. »Was machst du? Du willst doch nicht …? Parker, bleib da!«

Gray rannte bereits um die Schnauze des Foodtrucks, machte einen schnellen Schritt in einen Bereich, der nach freier Fläche aussah, in Wahrheit aber vom Heck des Kühllasters zum Schützen hin verdeckt war.

»Gray!«, rief Isaac.

»Grayson!«, brüllte auch Eric. Für ihn musste es aussehen, als gingen mit Gray die Nerven durch. Dabei war er so konzentriert wie noch nie. Allerdings war es gut, wenn das keiner bemerkte. Auch für den Schützen sollte er ein Jugendlicher in Panik sein, mehr nicht.

Da war der nächste sichere Winkel. Gray verfehlte ihn mit Absicht und stand für einen Atemzug so frei, dass er auch wirklich zu sehen war. Dann lief er weiter.

»Hilfe!«, brüllte er. »Da wird geschossen!« Als hätte er die Richtung, aus der die beiden Schüsse gekommen waren, nicht mitbekommen.

Nur noch ein paar Meter!

Das offene Tor und die Tür daneben glotzten ihn an

wie ein einäugiges Ungeheuer mit weit aufgerissenem Maul.

»Hilfe!«, schrie er erneut, katapultierte sich nach vorn und bekam die Kante der Rampe zu fassen. Er zog sich hoch und stolperte möglichst ungeschickt weiter. Er rutschte aus, sein am Gürtel verborgener Taser bohrte sich schmerzhaft in seine Hüfte, dann stand er wieder.

Und warf sich durchs Tor.

KAPITEL 29

Freitag, 16. April, 12:24 Uhr, Lager B2

»Was zum …?«

Der Junge, der wie ein Irrer herumgebrüllt hatte, taumelte in die Halle. Er schien Asher gar nicht wahrzunehmen. Immer wieder schaute er über die Schulter zum Tor und blieb erst wenige Meter vor der kleinen Kabine stehen, in der das Büro für diesen Abschnitt der Lagerfläche untergebracht war.

Dann endlich bemerkte er Asher.

»Da draußen ist geschossen worden!«, stieß er zwischen seinen hektischen Atemzügen hervor. Er fuhr sich nervös durch das dichte dunkle Haar. Dazu hatte er eine Gesichtsfarbe, die auf viel Bewegung an der frischen Luft schließen ließ. Sport schien er auch zu treiben. Ein paar Jahre älter, und sogar eine wie Officer Hernandez würde ihn nicht mit einem blöden Witz abspeisen.

Ashers Griff um die Pistole, die Guy ihm nach dem Telefonat mit ihrem gemeinsamen Auftraggeber in die Hand gedrückt hatte, verstärkte sich.

Es war geschossen worden, richtig. Aber die Schüsse waren nicht draußen gefallen. *Asher* hatte von hier drinnen gefeuert. Mit dem ersten hatte er sogar grob in die Richtung der Kopfgeldjäger gezielt, die Guy entdeckt hatte. Den zweiten Schuss hatte er dann absichtlich hoch angesetzt. Er wollte niemanden umbringen! Er musste nur die Kerle in Schach halten, bis die wertvolle Ware weg war.

Danach folgte Plan B, in den Guy ihn eingeweiht hatte. The Voice interessierten Details offenbar doch weit mehr, als er behauptet hatte. Der Mann dachte in Möglichkeiten. The Voice hatte also für alle Fälle noch etwas *in petto* gehabt.

Ein blöder Teenager war in dem Plan allerdings nicht vorgekommen. Asher baute sich vor ihm auf. Der Blick des Jungen fiel auf Ashers Hand. Seine Augen wurden groß. Ein Blitzmerker, wer sagte es denn?

»Ich … Ich«, fing er an, schluckte – und sprudelte los wie ein Wasserfall: »Ein Irrtum, Sir! Ich … Ich bin gar nicht hier. Ich habe Sie nie gesehen! Wenn Sie mich laufen lassen, sage ich kein Wort über … über keine Ahnung, was. Da sehen Sie es! Ich weiß von nichts. Ich …«

Asher packte ihn am *Schlafittchen.* Ehrlicherweise

war das ein ziemlich dämliches Wort, wenn man auch einfach Kragen sagen konnte. Asher hatte keine Ahnung, warum er es sich im Wörterbuch angestrichen hatte. Wie überhaupt die meisten der Begriffe, die niemand bei klarem Verstand benutzte.

Er bugsierte den Eindringling vor das große Fenster des Büros und stieß ihn dagegen. Der Junge taumelte zwar zurück, aber lange nicht so fest, wie Asher das vorgehabt hatte. Für die Angst in seinem Gesicht hatte er einen überraschend festen Stand. Wenigstens kapierte er, dass Asher hier das Sagen hatte. Er ging in die Hocke und hielt sich schützend die Arme vors Gesicht. »Bitte nicht …«

»Schnauze!« Die beiden Schüsse klangen Asher noch in den Ohren. Dazu das Geplapper. Und die Sirenen der anrückenden Cops! Die ersten Anzeichen beginnender Kopfschmerzen meldeten sich. Asher schmeckte saure Galle in seinem Mund.

Rückzug mit einigen Schüssen sichern und durch den Hinterausgang abhauen; das Boot finden, das The Voice vorsorglich im Fluss hat festmachen lassen. Daran änderte auch das Häufchen Elend vor Asher nichts. Vielleicht war sein Auftauchen sogar für etwas gut?

In ein paar Minuten würden die Cops das Lager stürmen. Zu ihrer eigenen Sicherheit würden sie den Jungen als Gefahr einstufen. Da konnte er heulen, so viel er wollte. Er würde sich auf den Bauch legen und die Hände hinter den Kopf nehmen müssen. Das ganze Programm einer Verhaftung würde ihm die Sprache verschlagen. Anders als Asher war er schließlich noch ein Kind.

Ein Kind, das ihn in zusammengekauerter Haltung von unten aus aufmerksam beobachtete. Da war etwas in seinen dunklen Augen, das … Bullshit! Wahrscheinlich überlegte er nur, ob er sich gleich in die Hosen pullern oder das auf später verschieben sollte. Wenn Asher weg war. Und dafür wurde es langsam Zeit!

Asher riss die Tür zum Büro auf. »Schönen Gruß an die Cops!« Er warf einen letzten Blick auf den Jungen. Hatte er sich bewegt? Egal. Asher durchquerte die Schuhschachtel von einem Raum. Da war der Gang, der sich quer durch das Gebäude zog. In regelmäßigen Abständen gingen weitere Türen zu den anderen Abschnitten ab, die man mieten konnte. Gut hundert Meter voraus beleuchtete ein grünes Schild den Notausgang.

Ashers Schritte knallten fast so laut auf dem Boden wie die Schüsse.

Asher stieß die Tür auf und kniff geblendet die Augen zusammen. Seine Augen gewöhnten sich an die Helligkeit, und er sprang die drei Stufen der Metallleiter hinab.

Der Steg, den Guy ihm beschrieben hatte, musste rechts beim Zementwerk liegen. Asher rannte über den Schotter hinter der Lagerhalle. Erste Grasbüschel wechselten sich mit den größeren Steinen des Ufers zwischen den Piers ab. Asher kam an den hoch aufragenden Silos vorbei und sah …

Nichts.

Kein Steg weit und breit.

Von einem Boot ganz zu schweigen.

Mit der freien Hand holte er sein Smartphone aus der Tasche. Ein schnelles Wischen, und er hatte die Anrufliste auf dem Bildschirm. Er tippte die unterdrückte Nummer an. Die Verbindung baute sich auf und …

»Dieser Anschluss ist vorübergehend nicht erreichbar«, meldete eine weibliche Stimme vom Band, die beinahe ebenso nett war wie The Voice bei ihrem ersten Gespräch. »Dieser Anschluss ist vorübergehend …«

Asher ließ die Hand sinken.

Der Blick aufs Wasser klärte seine Gedanken, wie immer, wenn er es brauchte. Sein Herz pumpte, und mit jedem Schlag jagte es ein *Dämlich!* durch seinen schmerzenden Kopf. *Du bist so dämlich, so verflucht dämlich, Asher Franklin!*

»Fuck!« Asher schleuderte sein iPhone in hohem Bogen in den Fluss. Das Platschen, mit dem es ins Wasser fiel, hörte er über die näher kommenden Sirenen nicht einmal.

Dafür die Schritte hinter sich.

»Es ist vorbei, Mr Franklin.«

Diese Stimme. War das nicht … der Junge? Aber wo war der jämmerliche Tonfall hin? Es war Asher einerlei. Der Junge hatte etwas gesagt, mit dem er ganz und gar nicht einverstanden war. Nichts war vorbei! Für Asher ging es weiter.

Er wurde sich des Gewichts der Waffe in seiner Hand bewusst. Ein Mörder war er nicht, nein. Aber ein Schuss vor den Bug würde dem Jungen zeigen, wie gefährlich es war, den Helden zu spielen. Und wenn Asher dabei versehentlich doch seinen Fuß oder das Bein traf, wäre das so schlimm? Eigentlich *sehnte* er sich beinahe danach. Er war verarscht worden! An irgendjemandem musste er seine Wut doch auslassen.

Das Ganze war *unausweichlich*.

Er kramte in seinem Kopf nach einem schöneren Begriff, fand aber keinen. Es war ohnehin Zeit, mit dem Blödsinn aufzuhören. Kein Erwachsener las Wörterbücher und strich sich die schönsten Stellen an.

Sein Zeigefinger legte sich um den Abzug.

Er atmete ein – und wirbelte zu dem Jungen herum. Gleichzeitig riss er den Arm mit der Waffe nach oben.

Etwas traf ihn im Brustkorb. Er spürte zwei nicht sonderlich schlimme Stiche. Dann knatterte es zwischen den auf ihn gerichteten Armen des Jungen, und sein Oberkörper krampfte sich zusammen. Seine Kiefermuskeln zuckten, und ein Stöhnen wand sich aus seinem Mund, das er nicht selbst in Auftrag gegeben hatte. Arme und Beine versteiften sich, dass sie hart wie Bretter waren.

Seine Sehnerven übermittelten ihm das Bild des Jungen, der nach allem anderen als nach einem Häufchen Elend aussah. Fest und selbstsicher sah er Asher an. *Der geborene Anführer*, schoss es Asher durch den Kopf. Dann kippte der Junge weg.

Falsch. Asher kippte. Der blanke Boden rauschte auf ihn zu und krachte ihm schließlich mitten ins Gesicht.

KAPITEL 30

Dienstag, 20. April, 08:03 a.m., Seaside High School, Painmore, Staat Washington, USA

Die Rotbuchen hatten noch nicht vollständig ausgetrieben, spannten aber mit ihren ersten Blättern einen grünen Himmel über Gray und Isaac. Ein leichter Wind entlockte den Kronen ein Wispern, das nur dann zu hören war, wenn die allgemeinen Rufe, das Scherzen und Lachen der Schülerinnen und Schüler auf dem Weg zum Haupteingang für einen Moment gleichzeitig verebbten.

Gray trat durch die Flügeltür und wandte sich nach links. Das Baseballteam spielte heute zu Hause gegen die Auswahl der South High, ein Tritt war Pflicht. Eine, der Gray heute vielleicht zum letzten Mal nachkam. Er kickte Trouty locker gegen die Schwanzflosse.

Isaac stemmte entrüstet die Fäuste in die Hüften.

»Ich wusste nicht, dass wir plötzlich freundlich zu der bescheuerten Forelle sind. Wir treten nicht mehr, sondern streicheln sie mit unseren Schuhsohlen?« Er taxierte Gray von oben bis unten. »Du warst schon auf dem Spielplatz so komisch. Hast du schlecht geschlafen, oder warum stehst du da wie ein Nachthemd?«

Das war der Moment, vor dem Gray sich gefürchtet hatte.

Das Wochenende hatte Grays Dad gehört. Gray hatte ihm alles berichtet, was er im Camp erlebt hatte. In Ordnung, *fast* alles. Den Vorfall im Schwimmbad hatte er ihm verschwiegen. Sein Dad wäre glatt in der Lage, die Familie Dunmore ausfindig und sie wegen Phils Schwinger mit dem Rucksack zur Schnecke zu machen. Den Montag hatte Gray dann verstreichen lassen, um zumindest noch einen letzten normalen Schultag mit Isaac zu erleben.

Jetzt war es also an der Zeit, das zu beenden.

Er zog Isaac zur Seite, damit die Nachkommenden zum Maskottchen konnten. »Hör mal, ich muss dir was …«

»Grayson Parker bitte in das Büro der Rektorin!«, hallte Ms Robinsons Stimme aus den Lautsprechern.

Isaac gab ein Lachen von sich, mit dem er zwar nicht Mr Steel, aber zumindest dessen Sohn Eric Konkurrenz machte. »Langsam kriege ich das Gefühl, Ms Dutton und du verheimlicht uns was.«

Gray schluckte. Das traf es ziemlich gut. »Genau darüber wollte ich gerade mit dir …«

»Mr Parker! In das Büro der Rektorin!«

Isaac klopfte ihm auf die Schulter. »Wir wollen doch nicht, dass Ms Robinson einen Herzinfarkt bekommt. Geh nur, ich warte an den Spinden. Réka und Ben müssten sowieso schon da sein.« Er eilte voraus. Gray sah ihm nach, wie er verschwand. Dann bog er mit hängendem Kopf in den Gang zur Verwaltung.

Er klopfte. Statt Ms Robinson bat die Rektorin ihn herein. Es war ungewöhnlich, sie stehend anzutreffen. Einen großen Unterschied machte das nicht: Mit ihren kurzen Beinen reichte sie auch so nur knapp über den Anmeldungstresen. Sie watschelte um den Tisch herum und winkte Gray mit einem Stapel Ausdrucken und Faltblättern mit sich auf den Flur.

Schweigend lief sie den Gang hinab und studierte dabei die Papiere.

Und nun? Sollte Gray warten, bis sie ihm die Dinger endlich gab? Um etwas anderes als die *Adressen der Schulen, die ein Stipendienprogramm für finanziell in Schieflage geratene Familien anbieten,* konnte es sich nicht handeln. An der Situation, in der Gray steckte, hatte sich ja trotz Asher Franklins Verhaftung nichts geändert. Es war von Anfang an klar gewesen, nur Gray hatte es verdrängt: Tyler Myers war eine kleine Nummer gewesen. Entsprechend gering wäre die Prämie für seine Ergreifung ausgefallen. Für Asher Franklin hatte noch nicht einmal ein Haftbefehl bestanden. Dass er dennoch zurück ins Gefängnis gemusst hatte, erfüllte Gray zwar mit einer gewissen Zufriedenheit. Finanziell gesehen konnte es sich aber kaum gelohnt haben. Gray hatte Mr Steel dennoch die Seaside als Empfängerin für seinen Teil des Gelds genannt. Zumindest etwas von dem, was sein Dad und er der Schule für die zurückliegenden Wochen schuldeten, wollte er zurückzahlen.

Die Zukunft? Es gab Schlimmeres im Leben als einen Schulwechsel. Er hatte noch das Team.

»Herzlichen Glückwunsch«, riss Ms Dutton ihn aus seinen Überlegungen.

Gray warf einen schnellen Blick auf ihre Unterlagen, als sich ihm die Gelegenheit dazu bot. Zahlen, Tabellen und ein Prospekt eines Sanitärunternehmens?

»Die Toiletten im ersten Stock müssen renoviert werden«, erklärte Ms Dutton. »Aber wie gesagt, Glückwunsch, Grayson. Die Summe, die Mr Jack Russell für dich überwiesen hat, deckt die Gebühren bis zum Schuljahresende. Wer ist dieser Mr Russell eigentlich?«

»Ein Onkel«, reagierte Gray. Allerdings war das noch leichter zu überprüfen als Tyler Myers Mathematiknote in der Middle School. »Ein entfernter Verwandter«, korrigierte er sich. »Ich habe ihn erst vor

Kurzem kennengelernt. Fühlt sich aber schon jetzt wie ein Onkel an.«

»Gut für dich.« Ms Dutton vertiefte sich schon wieder in ihre Lektüre über Kloschüsseln und Waschbecken. »Auf jeden Fall freue ich mich, dich weiter an der Seaside zu haben, Grayson. Alles bleibt beim Alten. Das wollte ich dir nur persönlich mitteilen. Und jetzt …«, sie wedelte mit den Blättern, »… husch in den Unterricht.« Sie drehte ab und watschelte davon.

Gray blieb stehen. In seinem Kopf drehte es sich. *Alles blieb beim Alten*? Wohl kaum. Er rannte los. Wahrscheinlich holte er sich gleich einen Rüffel wegen zu schnellen Laufens ab. Und wenn schon! Mit quietschenden Sohlen schlitterte er um die Kurve und steuerte die Spinde an.

Da war Isaac! Zusammen mit Ben und Réka.

Isaac hielt sein Handy in den halb offenen Kreis und winkte Gray heran. Auf dem Display war ein breit grinsender Matthew zu sehen. »… spricht von einer Sensation«, sagte er. Das fünfte Mitglied von Team Ghost hatte es sich zur festen Aufgabe gemacht, jeden Morgen die Websites der wichtigsten Seiten und Nachrichtenredaktionen nach Neuigkeiten rund um die Verhaftungen an Terminal 106 zu durchforsten.

»Die Terrakotta-Krieger sind wieder auf dem Weg in ihre Heimat. Die internationale Presse hofft dadurch sogar auf eine Entspannung der Beziehung zwischen den Staaten und China. Insgesamt sind inzwischen acht Leute dem Richter vorgeführt worden«, fuhr er fort. »Fünf davon wurden per Haftbefehl gesucht, drei davon wegen schwerer Verbrechen. Was uns zu uns bringt.« Er lehnte sich zurück. Hinter ihm wurden Teile seines Klassenzimmers sichtbar. Eine Wand mit Buchpräsentationen, Listen, einigen Bildern.

»Weiter!« Réka schien seine Kunstpause weniger gut zu finden als er.

Matthew schnellte nach vorn. »Okay, wenn ihr mich so drängt. Also. Asher Franklin geht eindeutig auf unser Konto. Eigentlich auf deines, Gray, aber …«

»Team ist Team«, sagte Gray. Das hatte er auch vor Ms Duttons überraschender Enthüllung so gesehen. Man verlor oder gewann gemeinsam. Entweder ging der ganzen Mannschaft ein Flüchtiger durch die Lappen, oder alle zusammen schnappten ihn sich.

Isaac klopfte ihm auf die Schulter, und sogar Ben nickte anerkennend. Aus den Augenwinkeln registrierte Gray ein Blitzen. Rékas linkes Auge schien einen der Sonnenstrahlen aufzufangen, die es bis zu den Spinden geschafft hatten. Das Stück vom Pazifik leuchtete in einem tiefen, satten Blau.

»Aaaber«, Matthew zog das Wort in die Länge, »ohne uns und Eric und Jack …«

»… und Jack Russell!«, sagte Réka und warf Gray ein Grinsen zu, weil sie natürlich schon seit Preston

Falls gewusst hatte, dass es sich um den Namen des Hunds handelte.

»... und Jack Russell wären die anderen Kerle noch auf freiem Fuß.« Er lehnte sich zufrieden wieder zurück.

Diesmal war es Ben, der mit der Art seines Vortrags nicht einverstanden war: »Emeraldo, wenn du nicht gleich weitersprichst, komme ich höchstpersönlich nach Seattle und prügel jedes einzelne Wort aus dir heraus!«

Matthew hob abwehrend die Hände. Er beugte sich vor und grinste dabei so breit, dass sein Gesicht fast zu groß für den Bildschirm wurde. »Mr Steel hat durchgesetzt, dass die Prämien für diese Verhaftungen auch an *Steel & Partner* gehen! Das bedeutet für jeden von uns eine Summe ...«

... welche die Gebühren der Seaside bis zum Schuljahresende deckt, schoss es Gray durch den Kopf.

Matthews ernste Stimme ließ ihn aufhorchen. »Der Drahtzieher des Ganzen ist den Ermittlern aber immer noch ein Rätsel. Mit einfachen Handlangern wie unserem Kumpel Asher nimmt er nur telefonisch Kontakt auf. Asher nennt den großen Unbekannten The Voice. Wie diese Show, in der sie Sängerinnen und ...« Matthew runzelte die Stirn. Sein Blick glitt von der Kamera nach unten. »Moment, da kommt eine Nachricht rein. Eine SMS? Wer benutzt heute denn noch ...?«

Der Rest des Satzes ging in dem Summen unter, das aus Grays Gesäßtasche drang. Auch bei Isaac vibrierte es. Ben hatte sein Smartphone noch auf laut gestellt, ein sattes *Ping!* ließ seine Hand zu seinem Rucksack fahren, der zwischen seinen Beinen auf dem Boden stand. Réka hatte ihr Telefon am schnellsten zur Hand.

»Team Ghost«, las sie vor. »Neuer Auftrag. Weitere Informationen erhaltet ihr heute Nachmittag in meinem Büro. Seid ihr bereit?«

Sie sah auf. Ihre Antwort war ihr anzusehen wie mit Leuchtbuchstaben auf die Stirn geschrieben: *Das wird ein Spaß.*

Auch Ben nickte. »Parker, Whitman, ab in den Unterricht«, machte er wieder einen auf Anführer, der er in Mr Steels Augen ja auch nach wie vor war.

Gray hatte Bens Aussetzer am Terminal für sich behalten. Wieso, war ihm selbst nicht ganz klar. Aber Ben hatte ihn auch nicht aus dem Team gekickt, als er die Möglichkeit dazu gehabt hatte, oder? Im Auge behalten würde er ihn dennoch.

»Ich warte später am Parkplatz auf euch«, fuhr Ben fort. »Seid bloß pünktlich, sonst fahren Réka und ich allein. Antal, wir gehen.«

Réka rollte mit den Augen, folgte ihm aber zum Kurs der ersten Stunde, den sie gemeinsam besuchten.

Gray sah ihr nach. Sie waren zusammen im Team. Und sie hatten schon einmal miteinander geredet. Viel gebracht hatte das nicht, aber es würde sich sicher bald eine neue Chance …

»Hallo?« Wieder einmal holte Isaac ihn mit einem Ellbogenstoß in die Realität zurück. Das Grinsen auf seinem Gesicht hätte jeden Ochsenfrosch vor Neid erblassen lassen. »Alter, ich weiß doch, warum du so schlecht geschlafen hast«, griff er ihr Gespräch vom Eingang auf. Er nickte Réka hinterher. »Das ist sooo offensichtlich.« Eine Falte erschien auf seiner Stirn, und er fasste sich zögernd ans Ohrläppchen. »Oder ist da noch was anderes? Komm schon, mir kannst du alles erzählen. Ich bin dein bester Kumpel.«

Isaac und er. Das Dreamteam. Manche Dinge änderten sich nie.

Andere schon.

Gray legte seinem besten Freund den Arm um die Schulter und zog ihn mit sich. »Hast du unseren tollen Teamleader nicht gehört? Unterricht. Und danach geht Team Ghost wieder auf die Jagd.«

»Ja, Mann!«

Heiko Wolz, geboren 1977, lebt als freier Autor mit seiner Familie in Unterfranken auf dem Land. Er hat über dreißig Romane für Kinder und Jugendliche veröffentlicht, erhielt u.a. das Literaturstipendium des Freistaats Bayern und war für den Oldenburger Jugendbuchpreis nominiert. Mehrere Wochen im Jahr ist er unterwegs, um Kinder in Schulen und Bibliotheken für das Lesen zu begeistern.

Bounty Hunter
Der erste Auftrag
ISBN 978-3-96129-254-7

Edel Kids Books – Ein Verlag der Edel Verlagsgruppe

www.edel.com
1. Auflage 2022

Text: Heiko Wolz
Umschlaggestaltung: Formlabor
Lektorat: Sarah Heidelberger
Projektkoordination: Dagmar Hoppe
Layout und Satz: Uhl + Massopust GmbH
Herstellung: Frank Jansen
Druck und Bindung: GGP Media GmbH, Pößneck

Printed in Germany